所读即所见。

iii. 蔚蓝

诗词里的中国

有书·编著

唐诗②

天地出版社 | TIANDI PRESS

图书在版编目（CIP）数据

诗词里的中国.唐诗.2 / 有书编著. — 成都：天地出版社，2023.1（2023.9重印）
ISBN 978-7-5455-7247-6

Ⅰ.①诗… Ⅱ.①有… Ⅲ.①唐诗—诗歌欣赏 Ⅳ.①I207.22

中国版本图书馆CIP数据核字（2022）第167749号

SHICI LI DE ZHONGGUO · TANGSHI 2

诗词里的中国·唐诗2

出 品 人	杨　政
编　　著	有　书
责任编辑	袁静梅
特邀编辑	李媛媛　李炯炎
责任校对	梁续红
封面设计	今亮後聲 HOPESOUND 2580590616@qq.com · 小　九
内文排版	麦莫瑞文化
责任印制	王学锋

出版发行	天地出版社
	（成都市锦江区三色路238号 邮政编码：610023）
	（北京市方庄芳群园3区3号 邮政编码：100078）
网　　址	http://www.tiandiph.com
电子邮箱	tianditg@163.com
经　　销	新华文轩出版传媒股份有限公司

印　刷	玖龙（天津）印刷有限公司
版　次	2023年1月第1版
印　次	2023年9月第11次印刷
开　本	880mm×1230mm　1/32
印　张	7
字　数	166千字
定　价	39.80元
书　号	ISBN 978-7-5455-7247-6

版权所有◆违者必究
咨询电话：（028）86361282（总编室）
购书热线：（010）67693207（营销中心）

如有印装错误，请与本社联系调换

前言

若从《诗经》开始算起,诗在中国已经有三千多年的历史了。孔子在编订《诗经》的时候,就曾经对儿子孔鲤说过:"不学《诗》,无以言。"(《论语·季氏》)没学会《诗经》,你就不会表达和交流。

在春秋时期,诗歌具有非常重要的社会功能,既蕴含着重要的政治纲领,又展现了必要的外交辞令。在政治、外交等重要的场合,人们往往都是以诗歌作为政治语言,进行明示或者暗示的交流。在诸侯会盟的时候,还有一个约定俗成的规矩——"歌诗必类"(《左传·襄公十六年》),也就是朗诵的诗歌既要与舞蹈搭配,还要表达与当天会盟主题契合的心志。一旦"歌诗不类",人们就会对这次会盟产生怀疑。

春秋末年至汉初,诗歌虽然仍在持续发展当中,但是由于社会动荡,更具政治功能的治国方略、军事指南、纵横之术和外交话术成为文人志士更重要的研究内容。两汉之间,社会总体平稳,文治武功的成就催生了规模巨大、结构恢宏、气势磅礴、语汇华丽的汉赋。直到东汉末年,言简意赅、直抒胸臆的诗歌才又受到文人的重视,《古诗十九首》之类的优秀作品流传下来。到建安时期,以

"三曹"为核心的文人团体创作的诗歌形成了"建安风骨",让诗歌重新成为文人创作的主流,并在魏晋时期得到了长足发展。

诗歌的黄金时期是在唐代。那时的诗作在韵脚、平仄、对仗上发展出了一系列严密的规则,也就是所谓的格律。同时,诗歌创作正式被纳入了科举考试的范畴,诗的好坏与文人的前途直接挂钩。盛世豪迈,诗人慷慨。从唐高宗时期开始,诗就进入了蓬勃发展的时期。科考赠答、宴会酬唱、羁旅送别、游山玩水……诗人们都会结合当时的主题与个人的情绪作出许多精彩绝伦的诗句。人生几乎所有的经验、境遇、姿态、道理,在唐诗里都有所表达。

尽管在唐代以后,历代文人一直保持着诗歌创作的热情,但再也无法超越"唐诗"这座顶峰。正如鲁迅先生所说:"我以为一切好诗,到唐已被做完。"

现在距离唐代已经过去了一千多年,随着知识背景的迭代、文化内容的丰富,古体诗歌已经不是日常生活中最主要的文化载体,但是流淌在中国人血脉里的"诗韵",却一直深深影响着中国人的生活:

诗可以用最直白的语言赋予孩童对于世界的最初想象,如"床前明月光,疑是地上霜";可以用最热忱的语言赋予踌躇满志的青年对未来的畅想,如"会当凌绝顶,一览众山小";还可以给身处绝境的人恰到好处的激励,如"长风破浪会有时,直挂云帆济沧海"……最重要的是,诗还可以给许多人生场景提供一些气度高华的表达方式,给我们平淡的生活以诗意的点缀。

前言

秉持着传承诗词的理念,我们编写了这套《诗词里的中国》,率先推出唐诗、宋词两大主题。在唐诗部分,我们根据当代人可能遇到的人生场景,精选了五十多首好诗,将它们分为怀古、望月、羁旅、抒怀、边塞、田园、咏物、送别、节日、闺情十个分支进行解读,让今天的读者,可以在不同的情境中感知中国传统文化的悠远意境,找到穿越时空的情感共鸣。

而这五十余首诗,覆盖了三十多位诗人。在解读方面,我们采取了四重解读的方式。

第一重,韵律层面。直截了当感受简约瑰丽的语言魅力,感受中国语言的韵律之美。

第二重,知识层面。借助诗歌串联起了大唐王朝的历史,有助于读者了解盛世王朝的恢宏气度;同时在解读每一首诗时,也精炼地讲述了作者的人生故事,让读者知其诗知其人。

第三重,艺术层面。对于每一首诗,都从横向、纵向两个方向寻找史料,从多名评论家的点评中吸收精华,帮助读者理解感受;同时进行延展,将题材相似、同作者或不同作者的诗进行比较,帮助读者更全面地理解每一首诗。

第四重,格局层面。了解唐代诗人为人处世的方法,汲取盛世文人的正能量,用满怀激情的诗句赋能我们人生中的艰难时刻。

希望能以此书,唤起读者的诗心;希望能借此书,丰富读者的人生。若读者能因这套图书而爱上古诗词,也算我们对弘扬传统文化做出了微薄贡献。

第一章　田园

临渊羡鱼孟浩然，绿树青山田园诗 —— 002

辋川别业诗佛参禅意，山间无雨空翠湿人衣 —— 012

造境如画蓑笠翁独钓江雪，遗世独立柳州古道热肠 —— 022

浪子有悔金不换，野渡无人舟自横 —— 030

禅院题壁表静谧，曲径通幽显禅意 —— 038

第二章　咏物

菊花开后百花肃杀，黄巢起义无果而终 —— 048

老翁蜀中得安逸，落雨知是好时节 —— 058

世南义山以蝉自勉，咏鹅少年在狱自怜 —— 066

名相无心与物竞，忠奸鹰隼莫相猜 —— 074

官仓老鼠横行官仓里，晚唐诗人讽刺晚唐官 —— 082

01

第三章　时令

士甘焚死不公侯，满眼蓬蒿共一丘 —— 092
星桥横渡亡妻不来，秋扇扑萤君王不惠 —— 102
八月十五中秋月，不知秋思落谁家 —— 110
九月九日重阳日，异乡异客倍思亲 —— 116
绿蚁新酒红泥炉，乐天问友酒一壶 —— 124

第四章　送别

暂就东山赊月色，酣歌一夜送泉明 —— 134
劝君更尽一杯酒，西出阳关无故人 —— 142
莫愁前路无知己，天下谁人不识君 —— 148
无为在歧路，儿女共沾巾 —— 156
洛阳亲友如相问，一片冰心在玉壶 —— 164

第五章　闺情

王昌龄写尽闺怨，触景怀人是愁绪 —— 178
一生情感多波折，提笔作诗慰寂寥 —— 184
朱庆馀投赠七绝诗，张水部以诗慰宽心 —— 192
阴差阳错失所爱，魂牵梦绕意难平 —— 198
君问归期未有期，巴山夜雨涨秋池 —— 206

第一章

田园

临渊羡鱼孟浩然，绿树青山田园诗

过故人庄
孟浩然

故人具鸡黍，邀我至田家。
绿树村边合，青山郭外斜。
开轩面场圃，把酒话桑麻。
待到重阳日，还来就菊花。

在诗歌世界里，千里江山既是人们生活的背景，也可以作为独立的审美对象。东汉末年，曹操东临碣石观沧海，写下了"水何澹澹，山岛竦峙"，把山河的壮丽和诗人的胸襟书写得淋漓尽致，于是，中国诗坛迎来了第一首完整意义上的山水诗。

在社会动乱、政治黑暗的魏晋时期，很多名士感叹命运无常、朝不保夕，既然"膏火自煎熬，多财为患害，布衣可终身，宠禄岂足赖"，不如远离动荡的朝堂，去那山水林木之间，过修仙炼丹、高歌长啸的日子。随着隐逸之风的盛行，田园之乐逐渐成为文人雅士理想的生活追求。"古今隐逸之宗"陶渊明，回归乡野，写下了"采菊东篱下，悠然见南山"的佳句；比陶渊明小二十岁的谢灵运

第一章　田园

官场失意、优游山水，留下"池塘生春草，园柳变鸣禽""野旷沙岸净，天高秋月明"等名句，山水田园诗日渐成为相对独立的诗歌派系。

到了盛唐时期，文人墨客在青壮年时期游历名山大川，在官场得失之余感受乡间野趣，无论是视野、见识还是胸襟气度，都高出南北朝不少，以"王孟韦柳"为代表的山水田园派，在内容上和形式上，呈现出与前辈不同的崭新风貌。

比如王维的《山中》、孟浩然的《过故人庄》、韦应物的《滁州西涧》、柳宗元的《江雪》、常建《题破山寺后禅院》等山水田园诗，都能让你感受到洋溢在山水田园中的生活情趣，以及藏在字里行间的超然与洒脱。

其中有一位诗人的诗，被闻一多评价为"淡到看不到诗"，此语不是否定，而是说他的诗语淡而情深，独树一帜。他虽在仕途上求而不得，但在诗才上，连李白和王维都非常敬佩他，他本人却很低调。他就是孟浩然。

公元689年，孟浩然出生在襄阳城中一个重视儒风的书香之家。家人自诩为孟子的后代，于是参照孟子"吾善养吾浩然之气"，起了"浩然"这个名字。

孟浩然年纪轻轻，就因为诗写得好，在襄阳颇为知名，典型的"别人家的孩子"。十七岁的时候，他在襄阳参加了县试，诗赋、试策、帖经三场考下来，备受瞩目。

但孟浩然偏偏是一个任性的少年，升学季遇到叛逆期就更糟了。他并没有一鼓作气参加科考，而是选择了与志同道合的好友张子容一起，去山里隐居，希望像陶渊明一样，在自然中获得内心的安宁和自由。这一做法自然让家长非常不理解，甚至闹到断绝父子关系的地步，但是最终他还是任性地去了。

鹿门山在襄阳一带，汉末名士庞德公曾拒绝刘表数次宴请，与妻子隐居于此，孟浩然与张子容心向往之，于是效仿庞德公。他们在鹿门山以诗自娱，彼此之间常有唱和。我们非常熟悉的"春眠不觉晓，处处闻啼鸟"，就是孟浩然隐居鹿门山时期写的。

在鹿门山的日子，孟浩然非常自在，一顿普通的鸡黍饭都让人无限向往。那天，应一位山中友人的邀请，孟浩然前去做客，在农家安逸的生活中，孟浩然的心境如同婴儿一般平静，感受着自然赋予的诗情画意，再加上农家好友的淳朴热情，孟浩然感受到一种前所未有的惬意，挥笔写下了《过故人庄》。

这是一首不带任何功利色彩的诗，没有夸张的词语，没有煽情的句子，有的只是如实的叙述，正如闻一多所说的"淡到看不见诗"。但读罢全诗，清新自然之风迎面扑来，诗人对田园生活的喜爱跃然纸上，诗歌自带感染力，让读者不禁嘴角上扬、心向往之。

首联"故人具鸡黍，邀我至田家"，起笔像是一个人的碎碎念，又像是和邻里之间的打招呼，更像是日记本上的开头"今天我去某某家里做客，友人用鸡肉和小米饭这样的家常饭菜招待我，不跟我客套，我也觉得很亲切"。

这样一个不加渲染的开头，大有"开门见山"的效果。后面的句子就显得水到渠成了,果不其然,再往村里走,眼前是绿的树,环抱着村子;抬眼是青的山,横亘在村外。近景安逸,远景开阔,整个环境氛围都被颔联"绿树村边合,青山郭外斜"给勾勒了出来。我们仿佛可以看到诗人走在乡间路上,带着欢悦,顾盼着左右的景色,一切都是那么美好,连带着诗人的脚步都轻盈了起来。

紧接着,笔锋一转,镜头拉到屋内,诗人与故人开始推杯换盏。颈联"开轩面场圃,把酒话桑麻",意思是坐在屋子里畅饮交谈的诗人,从窗户处看到外面的打谷场和菜圃,一边喝酒一边说着农事,有动有静,让人感觉很真实,仿佛酒香与泥土香混合在了一起。

这的确是真实的盛唐风采,而不是诗人凭空想象出来的。从去的路上,到坐下来喝酒,孟浩然并没有如记流水账一样记下来,而是从近景到远景,从外景到内景,从景色到人物,层层推进,让人情不自禁去想象这样两个不造作的人,见面是如何寒暄的,又是如何坐下来饮酒谈笑的。

同样,诗人也没有啰唆酒足饭饱之后如何请辞离别,而只说约好了下次见面的日子,于是尾联"待到重阳日,还来就菊花"轻松愉快地画上句号。待到重阳节天高云淡的时候,我还来,你要带我赏菊呀!简单的两句话,便把诗人和主人之间的友谊刻画了出来。主客之间的融洽,让离别因后会有期而丝毫不显伤感。

这些诗句看似没有打磨的痕迹,但是作为一首标准的五言律诗，需要符合起、承、转、合的基本结构。首联"故人具鸡黍"二句破题，告诉读者"过故人庄"起因的同时奠定田园诗的基调；颔联"绿树村边合"二句承题，进一步描摹周围的环境，确定由远及近的视角变化；颈联"开轩面场圃"二句转折，把景色描写转入人物对话，既有环境的舒适惬意，也有故人间愉悦开怀的谈话，两相融合，自然又巧妙；尾联"待到重阳日"二句，是真正的告别语、结束语，还有依恋与期待的情感流露出来，不仅在情感上更加饱满，也让这首诗十分自然地来到了结尾。

这样的诗美在整体，层次清晰，画面不断切换，过渡却十分自然；不在字词上锤炼雕琢，平淡用语中饱含真情，不会显得单薄无力。这种浑然天成的美，被清代学者沈德潜解释为"篇法之妙，不在句法"。

鹿门山的隐居生活只持续了一年，公元712年的冬天，和孟浩然一起隐居的张子容重新踏上了去科举考试的长安路。孟浩然便也结束了隐居生活，开始各地漫游，广泛结交名士、拜见公卿以求入仕。

在随后十年的游历中，孟浩然写下了那首著名的干谒诗《望洞庭湖赠张丞相》，一句"坐观垂钓者，徒有羡鱼情"，含蓄地表达了想要有所作为，渴望得到贵人推荐的想法，也是在这一次的游历中，他遇到了最著名的粉丝——李白。

李白直言"吾爱孟夫子，风流天下闻"，还说孟浩然无视功名利禄、不愿奉承君王，是自己无法企及的高山。这个曾经跟李邕叫器"宣父犹能畏后生"的李白,竟然对孟浩然钦佩至此,足可见孟浩然的诗才和人品。

不过才学和人品再好,也不能让科考之路一帆风顺,即便是好友众多,孟浩然的求官之路还是没走好。公元728年,三十九岁的孟浩然落榜,曾经的干谒也没能帮他得到一官半职。幸运的是,这一年,他遇到了比自己小十二岁但已经在京城小有名气的王维,两个人很快成了忘年交。

孟浩然在长安逗留了一阵子后,最终决定离开长安回故乡,出发前,他找王维辞行。就在两个人相谈的时候,唐玄宗突然来了,作为布衣的孟浩然自然是不能直接面见皇帝的,慌乱之间,他躲到了床下。

王维也不敢隐瞒,向皇帝说了实话,不料唐玄宗读过孟浩然早年的诗,竟然表示要见一见这位隐居的才子。孟浩然从床底下出来后,唐玄宗问他有没有新的作品,孟浩然忘情之下,便把自己在落第后写的《岁暮归南山》递到了玄宗的眼前。

这本是他应试不中之后发牢骚的文字,满篇都是"负能量",特别是那句"不才明主弃,多病故人疏",让圣明的唐玄宗不高兴了:你自己不来求仕途,却说是我放弃你,实在是诬陷!就因为这一句话,孟浩然的仕途被断送了。要是当时脱口而出的是"坐观垂钓者,徒有羡鱼情",或许结局会完全不同。

但是,人生际遇是没有如果的。在终极面试不通过之后,孟浩然其实还有一次机会。四十六岁的他,离开长安继续游历祖国大好山河，途中遇到了韩朝宗，两个人一见如故，韩朝宗很是同情孟浩然的遭遇，决定一有机会便向朝廷举荐他。可是，到了约好一起进京的那一日，孟浩然却和一帮老友喝起了酒，有人提醒孟浩然和韩朝宗相约一事，兴头上的孟浩然却说："喝都喝了，不管他！"结果，韩朝宗等了半天也没等来孟浩然，便拂袖而去，孟浩然从此再也不提仕途之事。

不提归不提，两年后，张九龄被贬为荆州长史，招聘孟浩然进了自己的幕府，这大概就是孟浩然与官场的唯一交集了吧！

他之所以在四十岁时表现出强烈的求仕愿望，一来是受儒家思想的影响，觉得一个读书人在政治上没有成就，算不得是一个真正的读书人。孟浩然意识到自己已经衰老，如果无法做出点什么来证明自己，这辈子也就只能这样了。二来，此时的孟浩然已经不是什么贵公子了，杜甫曾说"吾怜孟浩然，短褐即长夜"，可见后期的孟浩然生活很苦，想要通过做官来改变自己生活的困境。

公元740年，王昌龄被贬官路过襄阳，前来拜访孟浩然，当时孟浩然的背上长了毒疮，正在治疗，医生一再嘱咐孟浩然要忌口，尤其不能饮酒吃鱼。但是在招待王昌龄的时候，桌上有一道襄阳经典菜肴——汉江中的查头鳊。见到老友异常兴奋的孟浩然，忘了医嘱，两人大快朵颐、推杯换盏，饮酒过量，真可以说是舍命陪君子了……最后孟浩然毒疮复发，不治而亡。

纵观孟浩然的一生，他的内心是平静和快乐的。如果说稍稍有一点小纠结，便是后期在做官与不做官之间的徘徊，这是儒家教育和道家修养的撕扯,也是现实和理想之间的冲突。不过从孟浩然洒脱的心性来看,这种冲突算不上强烈。而这份洒脱,也是孟浩然能够和王维一起领军唐代山水田园诗的精神基础。

涧南园即事贻皎上人   孟浩然

弊庐在郭外,素产唯田园。
左右林野旷,不闻朝市喧。
钓竿垂北涧,樵唱入南轩。
书取幽栖事,将寻静者论。

田园作　孟浩然

弊庐隔尘喧，惟先养恬素。
卜邻近三径，植果盈千树。
粤余任推迁，三十犹未遇。
书剑时将晚，丘园日已暮。
晨兴自多怀，昼坐常寡悟。
冲天羡鸿鹄，争食羞鸡鹜。
望断金马门，劳歌采樵路。
乡曲无知己，朝端乏亲故。
谁能为扬雄，一荐甘泉赋。

辋川别业诗佛参禅意，山间无雨空翠湿人衣

山中

王维

荆溪白石出，天寒红叶稀。
山路元无雨，空翠湿人衣。

盛唐时期的山水田园诗，无论是在思想上还是意境上都达到了一个新的高度。一方面，士大夫阶层整体经济条件优渥，他们游历四方，寄情于名山大川之间，理所当然地把自然景色当作了抒情对象；另一方面，因为当时佛道思想盛行，文人雅士崇尚清心明性、返璞归真，山水田园诗成了表达哲思禅意的绝佳载体。

此时的山水田园诗，上承魏晋时期陶渊明、谢灵运等人的浑然天成和恬淡宁静，又因为经济社会的富足和盛世文化的影响，体现出了更加积极和健康的风貌。

在唐代山水诗方面，成就最高的诗人无疑是王维。因为与众不同的经历，他的山水诗中，既有雄浑壮观的景象，也有清逸雅致的画面，更带有几分空灵禅思。正因如此，王维也被称作"诗佛"。

第一章　田园

公元701年，王维出生于当时被称作"五大望族"之一的太原王氏。王氏一族历代为官，百年来兴盛不衰；母亲来自博陵崔氏，亦是当时的名门望族。

上天给了他一个完美的出身，却又跟他开了个玩笑——在王维还很小的时候，父亲就撒手人寰，母亲不得不承担起抚养众多年幼子女的责任。她给王维起名维，字摩诘。

维摩诘，其实是一位高僧的名字，意思是洁净没有污染。也许是冥冥中自有天意，王维从那一刻起便注定要与佛结下不解之缘。

王维从小就天资聪颖，擅长作诗，在音律方面也有过人的天赋。

《唐国史补》里记载，有人拿着一幅没有名称的奏乐图，去请教王维画中演奏的是什么曲子。王维看了两眼，就说是《霓裳羽衣曲》第三叠第一拍时的情形。

于是这个人找了乐工当场演奏《霓裳羽衣曲》，演奏到第三叠第一拍的时候一看，果然如王维所言，丝毫不差。这虽然是野史逸闻，也说明王维在音乐上有着极高的造诣。

王维不仅精通音律，在绘画方面同样很有建树。《唐才子传》形容他的画是"云势石色，皆天机所到，非学而能"。

除了音乐和绘画，他还擅长书法，尤其是草书和隶书。出身名门，多才多艺，十五岁的王维怀揣着满腔热情，带着家族的使命来到长安，准备参加科考。

当时的他写过很多意气风发的作品,反映出他积极入世,渴望做出一番事业的豪情壮志。比如"新丰美酒斗十千,咸阳游侠多少年"这两句诗,就是他当时的自我写照。

后来,他认识了生命中的贵人——唐玄宗的弟弟岐王和其妹妹玉真公主。在他们的帮助下,他扶摇直上,很快进入京城政治圈。

一切似乎顺风顺水,可是,无论是王维,还是当时的唐王朝都没有想到,在看起来盛世太平的外表下,悄然酝酿着危机……

公元721年,王维高中状元,被授予太乐丞之职,负责帮皇家歌舞团排练音乐、舞蹈,专供朝廷祭祀、宴享之用。

然而上任仅数月,王维就因为属下伶人私自舞黄狮子,而被贬为济州司仓参军。这黄狮子舞是皇家专用的,伶人私自作舞是对皇家不敬,王维作为太乐丞,履职不周故而被累及。

话是这么说,其实相传这背后另有原因。李隆基从太平公主手中夺权之后,为了巩固自己的政治地位而排除异己,与岐王、薛王等王公交往的一批官吏轻者贬谪流放,重者杖毙。而王维是得岐王推举的人,所以表面上看是受舞狮伶人所累,实际上是因为上层政治斗争才被贬到山东的。

这是他第一次体会到世事无常和官场险恶。

在去山东赴任之前,他写下了《初出济州别城中故人》抒发自己内心的苦闷:"微官易得罪,谪去济川阴。执政方持法,明君照此心。闾阎河润上,井邑海云深。纵有归来日,各愁年鬓侵。"

王维虽然在仕途遭受了打击,但当时的他并没有完全对官场失去信心,只是偶尔想起从前的辉煌,内心会有些苦闷和忧愁。他思念家中年迈的母亲和新婚的妻子,提笔写下了:"君自故乡来,应知故乡事。来日绮窗前,寒梅著花未?"

在济州待了四年之后,王维终于等到了回京的机会。

公元725年,唐玄宗大赦天下。王维历经周折回到长安。可是一家人团圆不久,又发生了一件让他肝肠寸断的事——他的妻子因难产而死,腹中胎儿也没有保住。

妻子死后,王维一直没有续弦,他往来长安、洛阳,还在嵩山隐居过一段时间,生活非常寡淡。或许从那时候起,他已经开始把生死以及对于世界的理解与禅道联系在了一起。

又过了几年,张九龄升任宰相,就像贺知章欣赏李白一样,张九龄见到王维喜欢得不得了,上任不久,就任命王维为右拾遗,他这才从嵩山出来。千里马遇到伯乐,王维再次看到了希望,他努力为朝廷建言献策,官职从八品升到了五品。

可没过多久,命运又跟他开了个玩笑。

张九龄任职第三年的时候,因为朝廷内部的政治斗争被罢免。奸相李林甫上台,跟他的领导唐玄宗一样,上任的第一把火就是排除异己,他将张九龄周围的人罢免的罢免、驱逐的驱逐、流放的流放。

王维再一次受到牵连,以监察御史的身份被朝廷派往凉州(今甘肃武威)。

公元737年，王维孤身一人行至大漠，见惯了长安城亭台楼阁的他，面对沙漠中如血的落日，不禁感怀，写下了那首著名的《使至塞上》："大漠孤烟直，长河落日圆。萧关逢候骑，都护在燕然。"

三年后，王维回到长安。只可惜物是人非，当年与自己交往甚密的故人，都已经不在了。仕途的挫折、命运的打击，让王维一度心灰意冷。随着年龄的增加，王维积极的政治抱负慢慢消失了，甚至还过起了半官半隐的生活。

这个时候，他找到了一个属于自己心灵的桃花源，那便是辋川。辋川是长安城外的一处山郊，位于今天的西安市蓝田县。辋河水流潺潺、波纹旋转如轮毂，因此得名"辋川"。

这里有一座蓝田山庄，是诗人宋之问的旧居，因为疏于打理，蓝田山庄被王维买下来的时候，已经有些荒废了。但没关系，王维有足够的耐心来打造自己的隐居乐园。

很快，辋川别业就在蓝田山庄的基础上建好了。

"别业"的"业"是"事业"的"业"。别业，不是普通的郊区别墅，它面积更大，其中有供主人居住的宅院，也有相对独立的园林景观。

辋川别业有文杏馆、鹿柴、临湖亭、金屑泉、白石滩等二十景，王维在辋川前后十四年时间里，与道友裴迪泛舟往来、弹琴赋诗，在清源寺壁上作《辋川图》，写了二十首精美绝伦的小诗组成《辋川集》,成就了"诗中有画,画中有诗"的美学境界。

《山中》就是王维在辋川期间的代表作。

这首诗描写了山中初冬的景象。前两句"荆溪白石出,天寒红叶稀"写的是诗人在山中徒步时的所见。因为冬日来临,气候寒冷干燥,蜿蜒曲折的荆溪一路伴随诗人前行,天寒水浅,涓涓细流中露出了白色的石头,溪水清凉透明,石头星星点点,别有一番初冬野趣。行走在山路上,天气有一丝丝寒意,诗人抬起头来,看到树上绚烂的红叶,比起前几日着实稀疏了不少。

俯仰之间,一红一白,白石时隐时现,红叶稀疏斑驳,山中景色竟被点染得如同画作一般。这要是一般人穿行于山林,恐怕很难从大自然的诸多色彩中把这两种颜色单拎出来,也不太容易把水中的石子和树上的红叶放在一起对比,由此可见,王维作为画家的构图巧思。

后两句"山路元无雨,空翠湿人衣",写的是诗人游走山中的整体感受。山间小路,原本没有下雨,可是那苍松翠柏都是一副郁郁葱葱的样子,空明的翠色却好像要沾湿人的衣襟一般。"空翠"有两种说法,一种是虚指山中翠绿的色彩,另一种是实指山间雾气缭绕把草木之色彩晕开的样子,无论哪一种说法,都代表一种视觉感受;把"空翠"与"湿人衣"放在一句中,"空翠"的视觉感受自然而然地就变成了一种湿润的触觉,翠色欲滴可以弄湿人的衣裳,雾气缭绕也会让人的衣衫潮湿。"空"与"湿"原本是对立的两种感受，但在这一句中却完美地融合到了一起。

简单的景象，凝练的笔触，从小溪到大树，从山路到衣裳，由远及近，有动有静；作者用看似随意的手法，短短几行字，就在读者的面前勾勒了一幅色彩鲜明、错落有致的水彩画，将初冬的景象非常生动地展现了出来。不愧是"诗中有画，画中有诗"。

可是这样淡泊的生活，并没有持续多久。很快，安史之乱爆发，王维被安禄山俘虏，安禄山因为见识过他的才华，要求王维出任伪职。

一开始王维抵死不从，被投进监狱；后来实在没办法，就接受了伪职。就因为此事，在内乱平息以后，王维的行为被看作叛国，差点被处死。

关键时刻，是他的诗救了他。

在安禄山手下当官时，王维曾写过一首诗。那是有一次安禄山命令乐师在凝碧池奏乐，身陷囹圄的王维听到以后，不禁悲从中来，写下了这首《凝碧池》："万户伤心生野烟，百僚何日更朝天。秋槐落叶空宫里，凝碧池头奏管弦。"

这首诗写出了他对李唐王朝的怀念，以及失去山河的痛苦，当时的皇帝肃宗看到这首诗，不仅相信了他的忠心，还重新赐予了他官职，这就是有名的"一诗换一命"。就这样，王维得以度过了一个安稳的晚年。

公元761年，六十岁的王维从容地离开了这个世界。

对于王维来说,这个世界最能打动他的东西,不是财富,不是地位,而是一朵花,一只鸟,一捧溪水;对于这个世界来说,王维留下了珍贵的文字,留下了他对于生命的感悟和与世界和解的方法,那便是保持心灵的纯粹与平静。

终南别业　王维

中岁颇好道,晚家南山陲。
兴来每独往,胜事空自知。
行到水穷处,坐看云起时。
偶然值林叟,谈笑无还期。

鹿柴 王维

空山不见人,但闻人语响。
返景入深林,复照青苔上。

辛夷坞 王维

木末芙蓉花,山中发红萼。
涧户寂无人,纷纷开且落。

造境如画蓑笠翁独钓江雪，
遗世独立柳柳州古道热肠

江雪

柳宗元

千山鸟飞绝，万径人踪灭。

孤舟蓑笠翁，独钓寒江雪。

如果说盛唐时期的山水田园诗像一个满怀希望和幻想的少年，那么到了中唐时期，它就像一个经历过人生风雨的中年人，少了几分理想主义的激扬，多了一点阅尽沧桑的淡定和从容，又带着些许孤寂甚至是清冷。作为中唐时期山水诗的代表作，《江雪》从问世以来，就得到了许多文人雅士的大力推崇。这首诗至寒至空，画面感极强，宋代画家马远还以此为灵感，创作了《寒江独钓图》。诗里画里有一个遗世独立的蓑笠翁，他在江雪孤舟上垂钓，仿佛在等一个机会，又仿佛悲凉无望地等待着死去。这，是柳宗元吗？

柳宗元早年的经历与王维十分相似——父亲来自河东柳氏，母亲来自范阳卢氏，两大家族世代为官，都出过不少宰相。柳宗元继承了祖上的优良基因，从小就展现出了惊人的文学天赋，就连狂傲的刘禹锡也这样评价他——"以童子有奇名于贞元初"。

柳宗元二十一岁的时候中了进士,二十六岁的时候又通过博学宏词科的考试,被授予集贤殿书院正字,官阶从九品。在随后不到十年的时间里,他迅速升职,不断靠近权力中心。与他同时考中博学宏词科,一样仕途坦荡、未来可期的还有他的好朋友刘禹锡。当时的他们,也许做梦都没有想到,往后余生,他们一起做官,一起参与改革运动,一起接受失败,一起应对贬谪之苦,他们的命运紧紧锁在了一起……

彼时,在刘禹锡的介绍下,柳宗元认识了王叔文这个有抱负的政治家。当时的唐王朝,刚刚经历了安史之乱的血雨腥风,种种矛盾渐渐凸显,藩镇、宦官、各方势力斗争频繁,加上政治腐朽,百姓的生活变得越来越艰难。在这样的背景下,以王叔文为中心的一众有志青年,发起了轰轰烈烈的"永贞革新"。

因为永贞革新触动了藩镇和宦官的利益,再加上唐顺宗中风,不能理政,那些保守势力迅速聚集在一起,他们逼迫顺宗退位,扶持太子李纯登基;又趁王叔文为母奔丧之际,迅速解除革新派的权力。很快,仅仅八个月的"永贞革新"就此夭折。而柳宗元,也因为一篇《六逆论》得罪了唐宪宗李纯,而被贬至边远的永州。此时的柳宗元,只有三十三岁。

永州位于湖南省南部,潇湘二水汇合处,潮湿炎热,毒虫很多,这对于豪门出身的柳宗元来说非常煎熬,他在给朋友的信中写道:"永州于楚为最南,状与越相类。仆闷即出游,游复多恐。涉野有蝮虺大蜂,仰空视地,寸步劳倦。近水即畏射工沙虱,含怒窃发,中人形影,动成疮痏。"

　　与身体的痛苦相比,心理上的痛苦,才是最让人难以忍受的。从繁华的长安一路颠簸来到荒芜的永州,从政坛最耀眼的新星一下子跌落成为失意士子,如今委身于此看不到任何的希望,不仅让祖先蒙羞、让母亲跟着自己受罪,还连累了族中的其他兄弟子侄。想到这里,柳宗元内心百感交集,无法言说。

　　而那些曾经和自己把酒言欢、逢迎攀附的人,如今在别人诽谤自己的时候能保持沉默,就已经算是好的了;更多的人落井下石,甚至恶意中伤似乎恨不得他从此一蹶不振。《江雪》就是在这种情境下写出来的。

　　该诗短短二十个字,起篇先铺陈出一个浩渺无边的苍茫背景。"千山"与"万径"是夸张之词,就好比用最大号的毛笔,渲染出山水间清冷幽僻的氛围。目之所及,既无鸟儿飞过,也无行人的踪迹。"千山""万径"与"鸟飞绝""人踪灭"的搭配,既体现了"有"和"无"的反差,也共同塑造了空旷辽阔的大远景,为后两句主人公的出场铺排了场面。

　　来到画面的中心,江上有一位身披蓑笠的老翁,在"孤舟"上"独钓"。"孤独"一词一分为二,却更显孤独!

　　我们说水墨丹青特别讲究"留白",就是在必要的地方什么也不画,留给人充足的想象空间。放到这首诗的画面上,江上烟波浩渺,江水一定不着笔墨,是留白,是虚空;与之相反,江上的小船是虚空中的实物,不仅要着墨,而且笔触越细致画面越生动,虚实结合才能成就妙境。既然需要刻画,小舟就必须与江水有区分,"孤舟"一词就把画面中"舟浮于水上"的样子给突显出来了,如果理解为"孤独地在船上垂钓"就无法做到这一点。

除了画面美要求把"孤独"二字分开理解,从情感表达上,也必须这么做。我们看到"孤独"这两个字的时候,往往会联系到自我封闭、自怨自艾等消极状态,但是柳宗元在这里要表达的并不是这个意思。一来,蓑笠翁不管天寒地冻,沉浸在自己的世界里专心钓鱼,心无旁骛,这种"独"不是被抛弃而感到"孤独",而是主动选择屏蔽掉外界打扰的"独立";二来,蓑笠翁超然物外、摒除私心杂念的精神境界,也不是"孤独"而是"无我",或者说类似佛家思想中的"空"。

诗人在最后,停笔于"寒江雪"三个字,把前后两句有机地联系了起来,是本诗的点睛之笔。前两句"千山鸟飞绝,万径人踪灭"没有一个"雪"字,却以飞鸟、人踪的灭绝无迹凸显了降雪之大、天气之寒。在这样的冷寂肃杀之下,后两句却见"孤舟蓑笠翁,独钓寒江雪"——这蓑笠老翁真的是来钓鱼的吗?显然不是,那么他来寻求一片孤独的心境就跃然纸上了。

虚实之间,造境如画;诗句不仅在文字描摹中绘制出一幅孤冷画面,又通过这样的意境来反映出诗人的精神世界,这就是这首诗独一份的审美体验。明代著名的文学批评家胡应麟,在《诗薮》中,评价这首诗:"'千山鸟飞绝'二十字,骨力豪上,句格天成,然律以《辋川》诸作,便觉太闹。"在胡应麟这里,《江雪》写得好到竟然连"诗佛"王维的《辋川集》都被比下去了。

到永州不久,柳母卢氏就身患重病,再加上居住条件差,医疗水平又不高,很快就去世了。更让柳宗元心痛的是,因为自己是戴罪之身,即使是扶母亲灵柩回乡这样的大事也只能交给别人,而他能做的只有目送。为人子却不能尽孝,这让柳宗元心痛不已。

当时陪着他来到永州的,除了母亲,还有年幼的女儿柳和娘。母亲离开后,还有聪明伶俐的女儿陪着柳宗元。"左家弄玉唯娇女,空觉庭前鸟迹多",这是柳宗元和女儿一起玩耍的情景。在这样困苦的日子里,女儿的陪伴无疑为他带来了很大的安慰。可是命运似乎要夺走这个中年男人在意的一切。元和五年(810)四月三日,十岁的和娘病死于龙兴寺。在为女儿写的《墓砖记》中,柳宗元绝望至极——"孰致也而生,孰召也而死。焉从而来,焉往而止。魂气无不之也,骨肉归复于此。"

元和十年(815)正月,事情有了转机。柳宗元接到诏书,要他立即回京。他重新燃起了信心,想要用自己的才能回报朝廷,造福百姓。可是让他万万没有想到的是,回到长安不足两个月,好友刘禹锡就写了那首著名的讽刺诗《自朗州至京戏赠看花诸君子》,柳宗元受牵连再次被贬。这一次,是更加偏远的荒蛮之地——柳州。

柳宗元的再次被贬多多少少和刘禹锡有关,可是柳宗元却没有任何怪罪刘的意思。相反,当得知刘禹锡被贬的播州(今贵州遵义)比自己要去的柳州更远更偏僻时,他毅然上书朝廷,请求让自己和刘禹锡调换,免得刘禹锡和母亲遭受生离死别的痛苦。被贬官还要讨价还价,这可是要掉脑袋的事儿。可是柳宗元不管,想到自己的母亲客死他乡,眼看着朋友的母亲落难,他于心不忍。好在,当时的宰相对柳宗元印象还比较好,最终将刘禹锡改贬到了条件稍微好点儿的连州(今广东连州)。

刘禹锡改判了,但是柳宗元还是要去偏远的柳州。好在这次的官职是刺史,算是有了实权,可以为当地百姓谋一点福利。于是,他改革当地残酷的风俗习惯,严令禁止江湖巫医骗钱害人,提出用工钱抵扣债务,释放无辜的奴隶等;他带领当地人开荒,发展生产,种植粮食和蔬菜;他开凿水井,让世世代代靠雨水河水为生的柳州人,喝上了更加干净卫生的地下水;他修建学堂,鼓励当地人读书,耐心接受青年学子的拜访,还培养出了为当地人服务的医生……好事做了很多,后来柳州的百姓感念他的政绩,都叫他"柳柳州"。

元和十四年(819),唐宪宗大赦天下,在裴度的说服下诏柳宗元回京。但是,柳柳州此时已经病重,还没来得及启程返京,就去世了,享年四十七岁。我们再回头看《江雪》,那个孤舟独钓的蓑笠翁,终究不是姜子牙,没有等来一位重用他的明君;他只能是柳宗元,一个遭遇悲凉但是内心日益强大的独行者,虽然外界天寒地冻,但他始终是个热心肠。

溪居　柳宗元

久为簪组累,幸此南夷谪。
闲依农圃邻,偶似山林客。
晓耕翻露草,夜榜响溪石。
来往不逢人,长歌楚天碧。

渔翁　柳宗元

渔翁夜傍西岩宿,晓汲清湘燃楚竹。
烟销日出不见人,欸乃一声山水绿。
回看天际下中流,岩上无心云相逐。

浪子有悔金不换，野渡无人舟自横

滁州西涧
韦应物
独怜幽草涧边生，上有黄鹂深树鸣。
春潮带雨晚来急，野渡无人舟自横。

中唐时期禅宗思想在诗歌界的盛行，加上安史之乱过后，社会矛盾进一步加深，很多文人对政治感到失望，开始追求"隐逸之风"。其中最有代表性的就是"清远诗派"的柳宗元与韦应物。虽然两人的诗作都是清雅淡泊，但是因为生活经历与个人性格的不同，他们的作品风格又各有千秋。

明代著名文学评论家胡应麟认为，韦应物清而润，柳子厚清而峭。这个"峭"是形容柳宗元的诗，文辞遒劲有力，意象幽僻冷峻——这一点从他的代表作《江雪》中可见一斑。而韦应物的诗很清幽，但是有温润细腻、沁人心脾的美感，代表作《滁州西涧》就很好地反映了这些特点。

一场淡淡的春雨刚过，青色的石阶上面，微微显出一层黛色，鸟儿在树上啁啾，被雨露浸润过的声音愈发清脆；在这翠绿幽深的

第一章　田园

山谷深处，隐隐传来潺潺的流水声；顶着露珠的小草，静静地生长在水边，草丛中弥漫着一层渐渐消散的水雾；山涧中翠玉色的水纹，涌动着温润的波光。

一位神色自若的男子，着一身素衣，立于溪边，望着眼前的景色，目光悠远而淡然；他的衣衫和鞋袜都被山中的雨水打湿，而他却不以为意，兀自站在那里。不知过了多久，好像自己就是这如画的美景中的一部分。这时，他的目光被一只漂浮在水中的小舟吸引，眼睛里闪着赤子般明亮的神采，于是，不自觉地轻轻捻须，吟出了这首山水名篇。

他，就是韦应物，一个人生跌宕起伏，却淡泊如水的诗人；他，前半生是浪子，放荡不羁；后半生是隐者，隐于闹市；入世，他是深情的丈夫、慈爱的父亲、勤政的父母官；出世，他是漂泊的浪子，"我有一瓢酒，足以慰风尘"，"怀君属秋夜，散步咏凉天"更是他余生所求。

那么，这样一个才情与思想兼备的文学家，又有着怎样的人生故事呢？

韦应物的祖父是武则天时期的宰相韦待价，父亲韦銮曾任宣州司法参军，韦应物十五岁就成了玄宗身边的贴身侍卫。这样显赫的出身和皇家的荣宠，让他觉得自己不需要努力，也能无忧无虑地享受人生。于是，他的少年时期，一直过着声色犬马，甚至是横行霸道的生活。就像他后来回忆的那样："少事武皇帝，无赖恃恩私。身作里中横，家藏亡命儿。朝持樗蒲局，暮窃东邻姬。"时代和环境，造就了这样一个浪荡子。

如果命运不曾用一声惊雷将他震醒，或许，他会一直这样纸醉金迷，浑浑噩噩地度过一生，现在的我们也将永远都没有机会知道他的名字。那时候，包括天子唐玄宗在内的所有人，都沉醉于"大唐盛世"的幻梦中，可是谁也没有想到，一场血腥的灾难已经悄然酝酿，并从此改变了许多人的命运，这就是那场长达八年的"安史之乱"。

他在《逢杨开府》中写道："武皇升仙去，憔悴被人欺。读书事已晚，把笔学题诗。两府始收迹，南宫谬见推。非才果不容，出守抚惸嫠。"彼时的韦应物，在玄宗去世、家道中落后，受尽了冷眼。那些从前依靠他，甚至是他所蔑视的人，都开始嘲笑他，欺负他，或落井下石，或伺机报复。这一切，都让这个曾经衣食无忧的公子哥掉落凡尘，看到了现实的残酷与辛酸。经历了这次劫难之后，韦应物才明白，祖上的荣耀和繁华，都只是镜花水月，只有自己用双手挣来的，才是让他自立于这个世界的根本。

于是，他幡然醒悟，开始发奋苦读。同时，他幸运地遇到了一生的挚爱——同样出生于士族大家的妻子元萍。妻子给了他一段幸福、安定的生活，让他能够更加安心读书，投身仕途。"浪子回头金不换"，他本出身于名门望族，少年时虽没有读多少书，却也受过书香的浸润，加上他天资聪颖，一番苦读之后，终于为仕途开辟了一条通道。

可是，就在他刚刚崭露头角，准备施展才华的时候，与他患难与共、相濡以沫的妻子却突然离他而去。他黯然伤神,睹物思人,所经之处都是她的气息。为了纪念妻子,也为了安放自己心中的伤痛,他写了很多悼亡诗。

这些诗句椎心泣血,千年之后也能让人感受到诗人的悲恸。妻子的墓志铭,也是韦应物亲手写上去的。其中有一句是这样写的:"每望昏入门,寒席无主,手泽衣腻,尚识平生,香奁粉囊,犹置故处。"你走以后,一切都还是原来的样子,只可惜我们已经阴阳相隔,无法再见了!

韦应物是个深情的丈夫,更是个慈爱的父亲。妻子离开后,他历经辛苦,独自抚养几个子女长大成人。可是孩子大了,总要离开自己。大女儿成年以后,韦应物精心为她挑选了家世、人品、才学都是一等一的良婿杨凌。可就算是这样,看着女儿即将离开这个生活了十几年的家,他还是忍不住悲从中来。

在女儿出嫁之时,韦应物写下了《送杨氏女》:"永日方戚戚,出行复悠悠。女子今有行,大江溯轻舟。尔辈苦无恃,抚念益慈柔。幼为长所育,两别泣不休。"虽说古人表达情感比较含蓄,但是从这首《送杨氏女》可以看出,父母对子女的爱,是古今相通的。

历经半生沧桑,看过了人生太多的起落无常。这些经历,让他慢慢褪去了少年时的狂放和稚气,四十岁以后,韦应物变得更加恬淡和悲悯,更加关心民间的疾苦。

公元783年,四十七岁的韦应物来到滁州任职。在一个暮春的傍晚，一场春雨刚过，他一个人漫步田野，不知不觉，来到了一个幽深的山涧，看到了一幅寂静幽深、旷远恬淡的画面，信手写下了《滁州西涧》。

首句"独怜幽草涧边生"，以"独"字作为开头，既可以理解为诗人只身一人，为全诗奠定安静寂寥的基调，又可以和"怜"放在一起，表示"唯独喜爱"，喜爱水边生长的幽幽青草。用"幽"字来形容草，描绘出了草郁郁葱葱、幽深隐蔽的样子。

次句"上有黄鹂深树鸣"，空中又传来黄鹂在树荫深处鸣叫的声音。"深"字和"幽"字遥相呼应，让整个环境显得更加悠远宁静。同时，幽草长在"涧边"，黄鹂鸣于"深树"，由下到上、由远及近，空间的层次感分明。

"春潮带雨晚来急，野渡无人舟自横"中的"急"字和"横"字，更是在动静结合中，体现出超然的平衡与清幽。尤其是全诗的诗眼"自"，更是韦应物诗里的常客，像"芳树自妍芳，春禽自相求"，"百草无情春自绿"等，都是把诗人这种悠闲自得，又超然物外的境界，浓缩到了一个"自"字中。

这幅画面，其实就是韦应物内心世界的投射，此时，他的心境就如这雨后的西涧，没有尘世的喧嚣，只有悠远、宁静和淡然。

785年，韦应物离开滁州，做了江州刺史。虽然政务繁杂，很是辛苦，但他丝毫不敢懈怠，始终恪尽职守，为当地的百姓分忧解难。后来，他又出任苏州刺史。这座古老而又秀丽的城市，让韦应物觉得陌生而又熟悉。他开始喜欢上了这里的一草一木，在《登重玄寺阁》中，难掩他对这座城市的喜爱："始见吴郡大，十里郁苍苍。山川表明丽，湖海吞大荒。合沓臻水陆，骈阗会四方。俗繁节又暄，雨顺物亦康。禽鸟各翔泳，草木遍芬芳。"

一个人越是有良知，就越会反省自己。韦应物就是这样的一个人，尤其是当他见过了太多饱经战乱的百姓流离失所，生活得苦不堪言的时候，总觉得自己应该勤勉政务，勇于任事，才无愧于百姓的信任，无愧于自己的职责。于是他写出了"身多疾病思田里，邑有流亡愧俸钱"这样的诗句。

公元791年，韦应物在苏州任期届满，等待着朝廷分配。可由于为官清廉，离开署衙后他不仅没有房子住，也没有回京路费，而且朝廷的任命又迟迟下不来，于是，他只能寄居在苏州无定寺。不到一年，五十六岁的韦应物没等来朝廷召唤就撒手人寰了。

生于京城贵胄之家的韦应物，经历了人生的大起大落。生性淡泊恬静的他，却始终有着悲悯情怀和超脱的隐士之风，最后生命也停留在了普度众生的寺庙。这与其说是一种偶然，不如说是上天在冥冥之中，让他在坎坷的一生中，完成了自我救赎。

东郊 韦应物

吏舍跼终年,出郊旷清曙。
杨柳散和风,青山澹吾虑。
依丛适自憩,缘涧还复去。
微雨霭芳原,春鸠鸣何处。
乐幽心屡止,遵事迹犹遽。
终罢斯结庐,慕陶直可庶。

观田家　韦应物

微雨众卉新,一雷惊蛰始。
田家几日闲,耕种从此起。
丁壮俱在野,场圃亦就理。
归来景常晏,饮犊西涧水。
饥劬不自苦,膏泽且为喜。
仓禀无宿储,徭役犹未已。
方惭不耕者,禄食出闾里。

禅院题壁表静谧,曲径通幽显禅意

题破山寺后禅院
常建

清晨入古寺,初日照高林。
曲径通幽处,禅房花木深。
山光悦鸟性,潭影空人心。
万籁此都寂,但余钟磬音。

人都有表达的欲望,诗人的表达欲格外旺盛。每天发生了什么新鲜事儿,或者读书旅行生活感悟,都可以用诗歌表达出来。如果唐代的诗人们有手机、有网络,他们的微信朋友圈一定特别精彩。但是古人没有这些。那么他们诗兴大发、想要与人分享的时候,要怎么办呢?

其实拿起纸笔写下来,也是一种方式,但是编撰发表出来还是要大费一番周章。索性,哪里方便就写在哪里吧……于是,千百年后的今天,我们还是经常能在寺庙、楼阁、驿站和山间的崖壁上,看到古人的题诗。比如苏轼的"不识庐山真面目,只缘身在此山中",就是题于西林壁上的一首诗;再比如脍炙人口的爱情诗句

"去年今日此门中,人面桃花相映红",就是诗人崔护故地重游时写在人家田庄大门一侧墙壁上的。

这种兴之所至,随手题写于壁上的诗,叫作题壁诗。早在汉代就已经有了这样的传统,到了唐宋时期,题壁诗数量大增,一度成为文人雅士发表作品、结交朋友的一种方式,还留下过不少故事。相传,李白有一回登临黄鹤楼,本来想要赋诗一首,结果这墙壁上已经有了一首崔颢的诗。这首诗令李白叹为观止,于是他不写了,说道"眼前有景道不得,崔颢题诗在上头"。

与李白和崔颢相比,常建这个名字实在太过普通,在灿若星辰的唐代诗坛中他也算不上闪耀的明星。但是,他有一首题壁诗,在历朝历代各种版本的唐诗选集中都有一席之地,甚至还衍生出了"曲径通幽"和"万籁俱寂"两个成语——那就是《题破山寺后禅院》。

题目中的"破山寺",又叫"兴福寺",始建于南朝齐,对于那个年代的人来说,这也是一座有两三百年历史的古寺。这座寺庙坐落在今天江苏省常熟市西北的虞山上,距诗人当官的地方不远。至于诗人具体在什么时候题写本诗的呢?有两种猜测,一种猜测说这首诗写于他去当官之前,因为在他的《常建诗集》中,《题破山寺后禅院》在《泊舟盱眙》之前,一般来说,诗人都是按照诗歌创作的时间来编纂诗集,按照诗歌排列的排序,他应该是在去盱眙当县尉之前就已经在破山寺完成了本诗。还有一种猜测是,这首诗歌是写于常建辞官之后,他离开盱眙,寄情山水,因为无事一身轻,可以专心参禅礼佛，于是才能写下如此清新雅致的诗篇。

　　创作时间并不重要，这首诗最为后人称道的，是它变通的格律和它所创造的意境。首句"清晨入古寺，初日照高林"用了流水对，"清晨"对"初日"，"古寺"对"高林"，勾勒出清晨时分山间光影斑驳的景色；两个动词，"入"字由远及近写出了诗人踏进寺庙的动态，"照"字将旭日东升的勃勃生机刻画了出来，一下子又将镜头由近向远拉开来。诗人与初升的太阳一起来到这林间古寺，阳光还不算耀眼，倾泻在高高耸立的山林之上，画面明媚清亮，初日的暖光中伴着清晨的微冷，山间一片静谧祥和。这里的"高林"其实不仅仅是指树林，因为佛家称僧徒聚集的地方为"丛林"，所以"高林"兼有称颂禅院之意，算是为下文做了铺垫。

　　颔联"曲径通幽处，禅房花木深"承接题目中的"后禅院"三个字，同时延续首联中诗人的行进路线——沿着弯曲的小路，诗人走到了更加幽静的后禅院，僧人在繁茂的花木丛中参禅。大文豪欧阳修非常喜欢这一联，在青州的一处山斋里过夜休息的时候，还专门去亲身体验"曲径"两句所描写的意境，并进行仿写，但是怎么写都写不出来那个味道。就像李白对着崔颢的诗自叹不如，欧阳修也说自己"仿其语作一联，久不可得，乃知造意者唯难工也"。为什么这么说呢？这两句的好，不在于所描摹的景物如何精美，遣词造句如何有巧思，而在于诗人营造出了飘逸清雅的意境，在于诗句能让人身临其境、感诗人之所感，所以说"难在造意"。

　　除了造意功夫了得，这两句还在格律上做了一个变通。一般来说，律诗的创作有很多固定的要求，其中一个是说，首联可以不对仗，但是颔联和颈联必须对仗。但是有一种写作手法叫作"偷春格"，就是提前把第一联对仗了，第二联就不用对仗了。比如王勃的《送杜少府之任蜀州》，"城阙辅三秦，风烟望五津。与君离别意，同是宦游人"，前两句对仗工整，到了"与君离别意，同是宦游人"故意突破格律而为之。《题破山寺后禅院》也采用了这种变通之法，使得前两联浑然一体，清韵自然，被后代文学评论家津津乐道。

颈联"山光悦鸟性，潭影空人心"，诗人抬头仰望，青山在阳光照射下越发生机勃勃，鸟儿在天空中自由自在地飞翔歌唱；走到水潭边，只见潭水清澈，倒映着周围景物和自己的身影，心中的一切凡尘杂念顿时消失殆尽。这两句的妙处在于"悦"和"空"的使用，按照字面意思去理解——山间阳光使飞鸟更加欢悦，潭中倒影让人心无杂念——这两句就是给没有生命的"山光"和"潭影"做了拟人处理；如果按照常识去理解——飞鸟因山光照耀而心生喜悦，人心因凝望潭影而清澈无尘——这两句就是运用倒装，让表达更加灵动。无论哪种理解，都是诗人把内心情感投射于自然景观的结果。所以，唐代文学家殷璠盛赞这两句，认为它不仅造语警拔，寓意更为深长。

让人印象深刻的还有尾联两句"万籁此都寂，但余钟磬音"，以寺院钟声衬托山林寂静，与王籍的"蝉噪林逾静，鸟鸣山更幽"有异曲同工之妙。钟磬，指钟和磬，古代礼乐器，诗人听到钟磬之声,驱散了周围的杂声杂念,仿佛洗涤了心灵,深邃而超脱。这两句虚写万籁俱寂,实写心灵感悟;虚写钟磬之声,实写心灵体验,借虚写实,深邃绵远。清代大学士纪晓岚点评此诗"兴象深微,笔笔超妙,此为神来之候",说出了大家的心声。

能得到诸多文学名家的称赞,那么作者常建本人是一个什么样的人呢?常建的生卒年月,史书中均无明确记载,只知道他长期游历长安。开元十五年(727),常建考中进士,和王昌龄同一榜。在进士及第大概八年后,他终于得到了一个九品盱眙尉的官职。三年任期一满,他便辞官远游,参禅悟道,寄情琴酒山水,后来他大概隐居在鄂渚的西山,再未涉足官场。

《唐才子传》说他"仕履颇不如意,遂放浪琴酒,有肥遁之志",寥寥数笔,说明他与大多数闻名于世的唐代诗人一样,胸有鸿鹄之志,无奈一生沉沦失意。

常建所交游的友人中也无显贵之士,只与王昌龄互为知己,有文字相酬。在他们中举之后的三十年后,王昌龄去世,常建专门去吊唁并作《宿王昌龄隐居》:"清溪深不测,隐处唯孤云。松际露微月,清光犹为君。茅亭宿花影,药院滋苔纹。余亦谢时去,西山鸾鹤群。"与常建的所有诗歌一样,这首诗用凝练简洁的笔触,表达出清寂幽邃的意境,即使是吊唁知己的诗也不曾见悲恸欲绝之情。这才是悟道通透的真隐士。

"生活不止眼前的苟且,还有诗和远方。"对于古人来说,诗与远方可以同时拥有。心中有诗,眼前所见皆可成诗,古寺、山光、曲径、潭水皆是诗；心中有远方，目光所及皆是远方，万籁俱寂，唯余钟磬。对于常建来说，这幽深之处的禅房便是自己心中追寻的静谧之地。

江上琴兴　常建

江上调玉琴,一弦清一心。
泠泠七弦遍,万木澄幽阴。
能使江月白,又令江水深。
始知梧桐枝,可以徽黄金。

宿王昌龄隐居 常建

清溪深不测,隐处唯孤云。
松际露微月,清光犹为君。
茅亭宿花影,药院滋苔纹。
余亦谢时去,西山鸾鹤群。

第二章

咏物

菊花开后百花肃杀,黄巢起义无果而终

不第后赋菊
黄巢

待到秋来九月八,我花开后百花杀。
冲天香阵透长安,满城尽带黄金甲。

题菊花
黄巢

飒飒西风满院栽,蕊寒香冷蝶难来。
他年我若为青帝,报与桃花一处开。

中国文人很喜欢写菊花,在他们心中,菊花有着非常圣洁的地位。

为什么呢?因为绝大多数花都在春夏两季开放,但菊花偏偏在秋天万物凋零的时候盛开。于是,人们常以菊花来比喻高洁、不媚俗、不与群芳争艳的品格。

在菊花身上还有一些其他花所没有的韧性——它直面寒霜,顽强不屈。所以,时间一久,菊花的意象就定型了——要么是有着隐

逸性格的隐士，要么是品格高尚的君子。

在陶渊明的笔下，"采菊东篱下，悠然见南山"，这时候的菊花就是隐士的形象。陶渊明越是抒发对菊花的喜爱，越是能突出自己想归隐田园、归于自然的态度。

唐朝诗人元稹在《菊花》一诗中写道"不是花中偏爱菊，此花开尽更无花"。这里的菊花，就是一个君子的形象。

然而，历史上有一个人，他所写的"菊花诗"偏偏另辟蹊径。在他的笔下，菊花不再是隐士，也不再是君子，而是被封建统治者压迫的劳苦大众、芸芸众生。

赋予菊花这种特殊含义的人，就是历史上鼎鼎大名的农民起义领袖——黄巢。

黄巢出生的时候，大唐王朝已经江河日下，昔日的荣光早已被腐朽的统治者们消磨殆尽，严重的财政赤字让朝廷把生财创收的突破口指向了食盐，于是诞生了"榷盐法"。

所谓"榷盐法"，就是食盐的国家专卖制度。政府以低价向盐民购买食盐，再高价卖给商人，商人将食盐运输到政府指定的经销店贩售；其他销售方式一律违法。

这样一来，朝廷不仅可以赚取巨大的差额利润，还控制了食盐流通的各个环节。普通百姓不得不花重金购买这个生活必需品，钱就都进了封建统治者的口袋。

那些买不起官盐的人，只能在黑市里找私盐贩子买盐，而生产食盐的盐户也愿意把盐卖给这些出价更高的买主。

于是随着"榷盐法"的施行,中晚唐的地下私盐市场也越来越大。

黄巢祖上以贩卖私盐为生,家里面一直比较富裕。同时,这种特殊的家庭出身也让黄巢从小就认识到,底层百姓的悲惨生活都是由骄奢的统治者一手造成的,而江湖上的亡命徒反而是具有侠客精神的、值得结交的朋友。

黄巢读书认真,诗写得也很好。据说在五岁的时候,爷爷曾经让黄巢以"菊花"为主题,试着写两句诗,小黄巢脱口而出"堪与百花为总首,自然天赐赭黄衣",意思是说,菊花可以争一争百花之首的位子,毕竟老天爷赐给了它一身赭黄色的衣服。

赭黄色是皇帝龙袍的颜色,可能冥冥之中,黄巢争夺"百花总首"的人生道路,在这个时候就已经注定了……

成年之后,黄巢和大多数读书人一样都选择了科举之路,可惜连续考了几次都没考上,黄巢绝望了。

此时的长安,正好迎来了秋天,在一片枯黄的景色之外,黄巢见到了儿时就非常喜爱的菊花,正烂漫地开在城市的边边角角。于是,他愤愤地写了一首吟诵菊花的诗。这首诗,便是流传至今的《不第后赋菊》。

等到秋天来临、快要到重阳节的时候,其他的花朵都已经凋零,唯有菊花独自盛开。独特的香气弥漫在这长安城之中,遍地都像是披上了黄金战甲一般。

写完这首诗之后,黄巢回到了老家,做起了世世代代执业的私盐生意。

但他是一个有理想的人,必然不会甘心一辈子都见不得光,一辈子都生活在失落中。他在等一个机会,等一个有用武之地的机会。

唐懿宗乾符元年(874),严重的水灾和旱灾横扫中原大地,河南地区几乎颗粒无收。再加上朝廷又在加收赋税,导致饿殍满地,人心惶惶。河南濮阳一带的私盐贩子王仙芝聚众千人,打响了反抗唐朝统治者的第一枪。

王仙芝的举动,让同样是私盐贩子的黄巢蠢蠢欲动。他早就对朝廷充满了不满,现在不反,更待何时?

第二年的秋天,黄巢就带着自己的子侄们参加了王仙芝的起义军。在起义之前,他再次看到了满地盛开的菊花。此时此刻,他心中压抑多年的理想和情感再一次爆发,《题菊花》应运而生。

诗的大意为:飒飒秋风卷地而来,吹在了满园菊花的身上。花蕊的香气充满了寒意,天气太冷,早已经没有蝴蝶了。有朝一日,我要是当了春神,我一定会安排菊花和桃花一起,在春天盛开。

此后,他便南征北战,尽情地展现自己的军事才华和野心。在王仙芝死后,他被推选为起义军领袖,号称"冲天大将军"。

公元880年,黄巢带领大军挺进唐朝首都长安,登基称帝。到此为止,一切都很顺利,起义军以摧枯拉朽之势占领了唐朝的半壁江山,几乎成了大唐王朝的掘墓人。

但是,农民军毕竟是有重大弊端的,他们中的相当大一部分人在攻占了长安之后，立刻被腐化。还有一部分人由于"革命"意志不坚定，很快就背叛了黄巢。黄巢本人在称帝之后，也变得不思进取，暴虐成性。

当一个人因为成功而膨胀的时候，失败也就不远了。公元884年，当了四年"青帝"的黄巢兵败身死，起义也以失败告终。

纵观黄巢的人生，如同菊花一样，花开时浩浩荡荡，即便面对寒风和冰霜也无所畏惧；然而，他死时也如菊花凋零一般，伴随着凛冬的到来，落魄无助。

黄巢的故事，与黄巢的两首关于菊花的诗是分不开的。早年他科举不顺时所写下的《不第后赋菊》，至今仍然为许多人所喜爱。那么，这首诗好在哪里呢？

前两句，"待得秋来九月八，我花开时百花杀"。九月八，即九月九日重阳节的前一天。在重阳节将至未至的时候，会发生什么呢？"我花开时百花杀"，黄巢在这里用了一个"我花"以显示自己对菊花的喜爱和亲近，又用了一个"杀"字让整句诗杀气腾腾，充满死亡的气息。

在黄巢的眼中，菊花拥有顽强的生命力，这正是底层穷苦大众身上所表现出来的精神。所以，他在这里实际上暗示，一旦底层人民被激怒了，一旦农民起义的风暴来临，苟延残喘的大唐王朝立刻就会像"百花"遇霜一样，凋零殆尽。

接着，黄巢写道"冲天香阵透长安"，这一句的杀气更重。表面上来看，这是黄巢在写菊花开满了长安，花香弥漫全城。但是，什么叫"冲天香阵",不应该是"冲天香气"吗?因为在黄巢的眼中,菊花的香味已经变成了一列列严阵以待的军队了。

下一句"满城尽带黄金甲"更加气势凌厉,表面上使用的是拟人化的写法,把菊花形容成像是披着黄金甲的战士,但是直接理解它的字面意思也没有问题——黄巢期待底层民众成为身着金黄色铠甲的斗士能够冲进长安,对统治者进行反抗。

也就是说,这两句诗里实际上饱含了黄巢对未来的憧憬。在他的构想当中,只要时机成熟,底层大众必然能成为一道革命的洪流,摧枯拉朽般地毁灭腐朽的唐朝统治,建立起一个崭新的世界。

黄巢没有在有生之年见证梦想的实现。几百年以后,又有一位农民起义领袖,写了一首杀气更重的菊花诗,诗是这样的:"百花发时我不发,我若发时都吓杀!要与西风战一场,遍身穿就黄金甲。"他就是朱元璋,大明王朝的开国皇帝。

如果说《不第后赋菊》代表着黄巢对底层大众的歌颂和期待,那么,后来他所写的《题菊花》则完全是书写个人理想。

在这首诗中,菊花依然是他笔下的主角,依然代表着底层的穷苦人民。

黄巢首先写道"飒飒西风满院栽,蕊寒香冷蝶难来",菊花虽然满院子都是,但是它们却备受西风的摧残。这种冷峻严寒的环境下,连一只蝴蝶也没有了。对底层民众来说,他们面临的确实是和菊花相似的命运——他们无处不在,但是却处处受欺凌。在这种残酷的大环境下,他们孤苦伶仃,得不到任何人的同情和关注。

黄巢作为一名私盐贩子,长期和社会底层民众打交道,他自然是了解他们的痛楚的,所以他同情他们,希望能带他们走出困境。于是,便有了后面两句——"他年我若为青帝,报与桃花一处开"。

青帝,传说中的司春之神,主导春天的时令。这两句的意思是说,如果有朝一日,我成了掌管春天之神,我一定要让菊花和桃花一样,开放在一年中最美好的时节。这暗示着黄巢对提高劳苦大众生活水平,建立大同世界的期望。也有学者认为,这两句所表达的思想,实际上代表着一种朴素的平等观。在黄巢的设想中,不论是菊花,还是桃花,都应该享受同样的生存环境和生存空间。

当然,黄巢并非一个完美的人。正如他最后的结局一样,他的这首《题菊花》其实就暗含着自己理想的破灭。

黄巢如何实现自己的理想,让穷苦大众共享盛世呢?他的方法是,"我为青帝",也就是说他的第一步,是让自己成为这个世界的主宰者。

表面上来看,这代表着他的理想,代表着他在起义前夕,有志当好农民军领袖、带领大家一起共建新社会的决心。

但是,如果我们换一种思路去思考这句诗就会发现,在黄巢的眼中,众生平等、共享盛世是建立在自己称王称帝的基础之上——这仍然是一种尊卑有别的等级体系。有这样的思想苗头,也就不难理解为什么黄巢会在称帝之后,不思进取、迅速腐化堕落了。

　　但不管怎么说,黄巢的这两首诗,如丧钟一般,敲响了唐朝灭亡的倒计时,它们代表着底层民众对统治者的不满,同时也代表着人们对建立新世界的渴望。

菊花　李商隐

暗暗淡淡紫,融融冶冶黄。
陶令篱边色,罗含宅里香。
几时禁重露,实是怯残阳。
愿泛金鹦鹉,升君白玉堂。

菊花　元稹

秋丛绕舍似陶家,遍绕篱边日渐斜。
不是花中偏爱菊,此花开尽更无花。

咏菊　白居易

一夜新霜著瓦轻,芭蕉新折败荷倾。
耐寒唯有东篱菊,金粟初开晓更清。

老翁蜀中得安逸，落雨知是好时节

春夜喜雨
杜甫

好雨知时节，当春乃发生。
随风潜入夜，润物细无声。
野径云俱黑，江船火独明。
晓看红湿处，花重锦官城。

杜甫一生中的绝大多数时间都在颠沛流离中度过，所以他写诗有一个特点，大多数作品都是感怀伤时之作，里面饱含了对天下苍生的怜悯，对国家衰落的感伤，对上流社会腐败的痛恨。比如他写"朱门酒肉臭，路有冻死骨"，写"国破山河在，城春草木深。感时花溅泪，恨别鸟惊心"，写"瑶池气郁律，羽林相摩戛。君臣留欢娱，乐动殷胶葛"。这些句子，读来让人情不自禁地跟着杜甫一起悲伤起来。

然而这样一个多愁善感的大老爷们儿，在人生暮年也曾有过一段比较清闲美好的时光。他在这一段时间的愉悦心情，从一首诗中就能读得出来，这首诗就是《春夜喜雨》。杜甫为我们描述了一个生机勃勃的春夜。

话说安史之乱之后,杜甫一度有机会报效朝廷。唐肃宗就曾经给杜甫封了个左拾遗的官职。后来杜甫因为得罪了唐肃宗,被贬到外地。在这之后,因为杜甫经常往返于各地,见证过大唐军队的战败,也在路上见到了很多流离失所、躲避战乱的老百姓,所以有感而发,写了不少反映现实的诗,著名的"三吏""三别"都是在这一时期完成的。就这样,他在各地辗转来辗转去,心情一直不太好。

乾元二年(759),关中发生大旱,此时杜甫正好在关中地区的华州任职。当他见到炎炎烈日下生活在水深火热之中的老百姓的时候,心中不禁感慨万千,于是提笔写下了一首《夏日叹》:"飞鸟苦热死,池鱼涸其泥。万人尚流冗,举目唯蒿莱。"天上的鸟儿都差不多热死了,池塘里的水干涸了。可是即便天气如此恶劣,外面成千上万的老百姓们却还在流离失所,以吃野菜为生。

此时,杜甫的心情是极度压抑的。但是,在公元759年之后,杜甫所写的诗突然没有那么伤感了。这到底是怎么回事呢?原来这一年,杜甫为了躲避战乱,带着一家老小从甘肃出发,进入四川,来到了成都。初入四川,杜甫抑制不住心中复杂的情感,于是写下了一首名为《成都府》的诗。在诗中,杜甫说:"我行山川异,忽在天一方。但逢新人民,未卜见故乡。"意思是,我来到了一个山川迥异的地方,才忽然感觉到与故乡天各一方了,我在这里见到了有着不同风俗的老百姓,真不知道什么时候能回到故乡啊!

在这首诗的最后,杜甫的心结似乎也打开了,于是心里稍微好受了一点。他写道:"初月出不高,众星尚争光。自古有羁旅,我何苦哀伤。"月亮刚刚出来,星星们还在争着发光。唉,自古以来就常有客居异乡的事,我老杜又何必那么悲伤呢?

确实,杜甫是不应该悲伤的。因为古时候,军队进入四川特别难,所以这里一直是老百姓的安乐窝,很少出现战乱。由于远离中原,道路险峻,四川几乎是乱世下仅有的一方太平之地。安史之乱刚刚发生时,唐玄宗的第一反应就是,逃往四川避难。

现在杜甫也来到了四川,那么他是否也能改变一下生活呢?答案是肯定的。到达成都之后,杜甫短暂休息后去见了自己的好友、剑南节度使严武。在后来的几年之中,严武和其他朋友,给予杜甫不少帮助,杜甫的生活质量渐渐地好转。第二年,他就在成都城西浣花溪畔,建了一座草堂,携家人居住。在安定下来之后,杜甫也终于有了闲心去周边走一走。比如,他就曾经到访成都的武侯祠,在武侯祠里,他写下了《蜀相》:

> 丞相祠堂何处寻?锦官城外柏森森。
> 映阶碧草自春色,隔叶黄鹂空好音。
> 三顾频烦天下计,两朝开济老臣心。
> 出师未捷身先死,长使英雄泪满襟。

很显然,这段时间,杜甫的小日子过得相当可以。想当年在外面到处流浪,有时候连饭都吃不饱,现在在这天府之国,不仅有个像样的地方居住,还能到周边看看名胜古迹,好不自在。在这段清闲安逸的时光里,杜甫写了很多诗表达自己愉快的心情。比如,他写过一组《江畔独步寻花》的绝句,一写就写了七首。听这组诗的名字,其实就能看出杜甫当时的心理状态了——"江畔独步寻花",意思是杜甫一个人走在江边散步,一边散步一边寻找花朵。

其中有一首是这样写的:"黄四娘家花满蹊,千朵万朵压枝低。留连戏蝶时时舞,自在娇莺恰恰啼。"在诗中,杜甫见到黄四娘家的花开满树,连花的枝子都被压弯了,走进一瞧,周围蜂蝶飞舞,美丽的黄莺叫得正欢。另外六首也是类似的表述,可见杜甫的喜悦之情溢于言表。

又是一年的春天,天降小雨,杜甫有感而发,写下一首《春夜喜雨》。成都的小雨,用"天街小雨润如酥"来形容,应该是恰如其分的。此时的杜甫,很可能躺在床上,静静地听着下雨的声音,酝酿着这首诗。

杜甫在这首诗的第一句里,就没有压抑自己对这场雨的喜爱。"好雨知时节",一个"好"字,道尽心中欢喜。一个"好"字,说明这场雨是真的来得恰到好处,将以往心中的阴霾一扫而空。

接着,他没有吝啬自己对这场雨的赞美,于是又用了三个字"知时节"。"知"在这里是"知道"的意思,显然是把雨拟人化了,用以形容这场雨来得非常及时,非常是时候。一个"知"字非常传神,把雨给写活了,它似乎很懂春天的心思,很懂杜甫的心思似的。

杜甫接着写道"当春乃发生"。这是对前一句的解释。刚才杜甫说了,这雨来得好,哪里好呢?因为在这春天刚刚到来的时候,雨也来了。这里其实有两层意思:一方面是新一年的春天到了;另一方面,对杜甫本人来说,在成都的这段时光,也是他人生中一个新的春天。

之后,杜甫又接着写了"随风潜入夜,润物细无声"。意思是说,这场"好雨"随着春风,悄悄地在夜晚降了下来;然后呢,又悄悄地滋润着大地。"潜""润"两个字,在这里用得非常形象。什么叫"潜"?"潜"就是"偷偷地"意思。可见这场雨,在杜甫的眼中,还有那么一点点乖巧可爱的气息。那这场雨过来做什么呢?过来"滋润"万物。纵观这两句,"潜入夜"和"细无声"相配合,不仅表明那雨是伴随和风而来的细雨,而且表明那雨有意"润物",无意讨"好"世人。

如果有意讨"好",那它就会在白天来,然后下得轰轰烈烈,让所有的人都知道春雨来了。但这场"好雨"没有这么做。它选择了一个不妨碍人们工作和劳动的时间,悄悄地来,在人们酣睡的夜晚,悄悄地滋润大地。

杜甫显然被这场雨给迷住了,于是,他从草堂里走了出来。放眼望去,在他的眼前,"野径云俱黑,江船火独明",意思是说,一眼望去,门外田野边的小路和天空,都是黑漆漆的一片,唯独江上的小船里,渔民们正点着火,带来点点光明。

这两句诗,前一句和后一句形成鲜明的对比,所以给人很强的画面感,我们在读这两句的时候,其实脑海里很容易就能想象出杜甫当时所见到的画面。杜甫在见到这幅画面的时候也很感慨，也许他心中在想："你看，到处都是黑压压的一片，但是这又有什么关系呢？江上不是还有渔船亮着灯火吗？这一点点微弱的灯火，不也是光明吗？只要有光明，这个世界就还有希望。"所以，在这里，杜甫一定是乐观的，难得的乐观。

在最后两句"晓看红湿处，花重锦官城"，他写出了自己的企盼。"晓"，就是早上；"红湿"在这里指的是被雨水滋润过的、鲜艳的花朵。"花重"，指的是花因为饱含雨水而显得沉重饱满。成都因盛产蜀锦闻名于世，又叫锦城或锦官城。所以这句话的意思是说，等到早上，我再来看看这遍地带着雨的、娇美红艳的花朵，到时候整个锦官城，一定都变成了鲜花沉甸甸盛开的世界。

杜甫为什么见到一场寻常的春雨，会如此高兴呢？也不仅仅是因为春天到了，自己这段时间的心情愉悦；更重要的是，在这段时间里，他看到了人生的希望。他坚信，笼罩在自己和国家头上的阴霾，总有一天将会散去，花开遍地的美丽新世界，一定会重新到来。是啊，杜甫还是杜甫，无论在何时，他的心始终都是装着国家和老百姓的。

评论家们现在一般都认为，在成都的这段时间，是杜甫最开心的一段时间。但实际上，这段时间并没有太长久。杜甫先是在草堂待了两年，然后四川发生叛乱，他不得不离开。后来叛乱平定，杜甫又回去住了一段时间。在他的好友严武去世之后，杜甫也就离开了成都。这段好时光就这样匆匆结束了。

早春呈水部张十八员外　　韩愈

天街小雨润如酥,草色遥看近却无。
最是一年春好处,绝胜烟柳满皇都。

小雨 杨万里

雨来细细复疏疏,纵不能多不肯无。
似妒诗人山入眼,千峰故隔一帘珠。

微雨 李商隐

初随林霭动,稍共夜凉分。
窗迥侵灯冷,庭虚近水闻。

世南义山以蝉自勉，咏鹅少年在狱自怜

蝉
虞世南
垂绥饮清露，流响出疏桐。
居高声自远，非是藉秋风。

在狱咏蝉
骆宾王
西陆蝉声唱，南冠客思深。那堪玄鬓影，来对白头吟。
露重飞难进，风多响易沉。无人信高洁，谁为表予心。

蝉
李商隐
本以高难饱，徒劳恨费声。五更疏欲断，一树碧无情。
薄宦梗犹泛，故园芜已平。烦君最相警，我亦举家清。

　　蝉在中国传统文化中是高洁的象征。为什么呢？因为根据古人的观察，蝉作为一种昆虫，对人类种植的粮食丝毫不感兴趣，也不以个头更小的虫子为食。那它吃什么呢？古人琢磨了半天，最后下了个结论——蝉以露水和树干的汁水维持生命。如果当官的也能像蝉这样，不去搜刮庄户人家的粮食，以清贫为乐，那不就是君子都应该追求的高洁品格吗？所以，时间一久，蝉就得了个非常好的名声。古代大臣们的服饰，尤其是帽子上面，经常出现绣上去或者用金属玉器镶嵌上去的蝉的形象。诗人自然也不会放过这个寓意美好的意象了……

在唐诗中，有三首"咏蝉诗"写得最好，被称为"咏蝉三绝"，分别是虞世南的《蝉》、骆宾王的《在狱咏蝉》，以及李商隐的《蝉》。这三篇作品虽然齐名，但所表露的情感却完全不同，三位大诗人依据自己的经历、处境，写出了完全不同的味道。

我们先说虞世南。虞世南出生于南北朝时期，家族世代为官，他自己也先后在陈、隋、唐三朝担任要职。在李世民还是秦王的时候，虞世南就加入了其幕僚机构，作为智囊团成员跟着李世民南征北战打天下。后来李世民发动玄武门之变得到皇位，虞世南也顺理成章地位列"凌烟阁二十四功臣"。

虞世南性格沉稳，在书法艺术上成就颇高，年轻时曾拜著名文学家顾野王、徐陵为师；后来被授为弘文馆学士，与房玄龄共掌诏告文翰。李世民非常器重他，常常在处理军政大事的时候，向他询问意见。得到皇帝如此重用，若是一般人，恐怕早就居高自傲了，但虞世南没有，他专门写了一首《蝉》来自勉。

"垂绥饮清露，流响出疏桐"。"垂绥"是古代官帽打结下垂的部分，蝉的头部伸出的触须跟垂缕有点像，所以这里戴官帽的人就是蝉，蝉就是戴官帽的人；蝉饮清露，就是比喻官员清廉，不与污垢为伍。"流响"，形容蝉鸣连贯如流水一般。"流响出疏桐"的意思是连续不断的鸣叫声从稀疏的梧桐树枝间传出来。"出"字既表明了蝉鸣的方位，也形象地传达出蝉鸣的音量与穿透力，为后两句做好了铺垫。

"居高声自远，非是藉秋风"是在前面写景的基础上引发出来的议论。蝉声远播，一般被认为是借助于秋风的力量，但虞世南不这么认为，他认为蝉站得高，声音自然可以传播到很远的地方。这里其实暗含了这样一个观点：有高尚品格和高远境界的人，本来就可以声名远扬，根本不需要借助外力，不需要走旁门左道。虞世南在这里强调的是一种人格美。两句中的"自"字和"非"字，一正一反，相互呼应，表达出作者对人的内在品格的热情赞美和高度自信。

这种对内在品格的自信，不是自命清高。唐太宗称，虞世南有"五绝"——德行、忠直、博学、文辞、书翰样样高人一等，还赞叹他说"群臣皆如虞世南，天下何忧不理！"虞世南不以鲲鹏鹰虎自居，而是把自己比作不甚起眼的蝉，也可见其老成持重、虚怀若谷。

如果说虞世南是名仕，那么骆宾王就是侠客。他的这首《在狱咏蝉》是在监狱里写的。那个七岁就写了"鹅鹅鹅，曲项向天歌"的骆宾王，为什么会被关进监狱呢？

前面讲《在军登城楼》时提到，骆宾王"天生一副侠骨，专喜欢管闲事，打抱不平、杀人报仇、革命，帮痴心女子打负心汉"。

第二章 咏物

唐高宗仪凤三年（678）骆宾王由长安主簿入朝为侍御史。当时，武则天已经干涉朝政，多数文人都是睁一只眼闭一只眼，但是骆宾王爱打抱不平，连朋友的闲事儿都插手，武则天干政这种逆天的事儿，他岂能坐视不理？他多次上书讽刺，于是就被关进了监狱。

关押骆宾王的牢房，就在审理案件的公堂隔壁，从牢房狭小的窗口还能看到公堂的门前有好几棵古槐树。每到傍晚时分，太阳光倾斜的时候，秋蝉鸣唱，凄切悲凉的声音就传到了骆宾王的耳朵里。感慨万千的他写下了《在狱咏蝉》。其实，这首诗前面还有一个序言。在这篇短小精悍的骈文里，骆宾王引用了两个典故："虽生意可知，同殷仲文之古树；而听讼斯在，即周召伯之甘棠。"这里"殷仲文之古树"，指的是东晋殷仲文在大司马桓温府中，看到一棵老槐树，感叹说"此树婆娑，无复生意"，借此比喻自己不得志。

而"周召伯之甘棠"说的是周召公姬奭巡访民间，在甘棠树下断案，从侯伯到庶民都得到公平，后来百姓感念他的政绩，便以甘棠来纪念。骆宾王把两个典故连用，意思是铁窗外的槐树让人想到殷仲文和周召伯，因为没有周召伯这样公正的判决者，自己仗义执言却惨遭牢狱之灾。虽然眼前的槐树生机勃勃，但自己的命运却像殷仲文那样一片暗淡。

在用两位古人起兴之后，骆宾王继续写道：唉，难道是心情不同往昔，抑或是蝉鸣声比以前听到的更悲切吗？蝉自身洁净、不染纤尘，秉承了君子的崇高品德；蜕皮之后又有羽化登仙的美妙身姿。蝉的眼睛瞪得大大的，不因道路昏暗而视线模糊；蝉的翅膀轻盈纤薄，不因众人的明哲保身而改变自身特质。……听到蝉鸣的声音，我想到我昭雪平反的奏章可能已经上报了；但看到螳螂捕蝉的影子，我又担心自身危险尚未解除。触景生情，写下这首诗，赠送给各位知己……

"西陆蝉声唱，南冠客思深。不堪玄鬓影，来对白头吟。"墙角的西边传来了蝉声，我这阶下之囚也因此而陷入了深深的思考。怎么能在正当盛年的好光景，应和这白头翁才会吟诵的哀怨诗行呢？骆宾王表面上在写蝉的哀鸣，实际上感叹自己在牢狱中浪费了大好光阴。

"露重飞难进，风多响易沉。无人信高洁，谁为表予心。"露水太重而蝉的翅膀难以承受，想飞也飞不走；秋风四起导致蝉的叫声被压制被吹散，外人想听也听不见。没有人相信我有秋蝉一般高洁无瑕的品格，我又能找谁去倾诉自己的真心呢？"露重""风多"暗示世道艰难、人心不古；"飞难进""响易沉"则进一步引申出自己在官场上不得意，在舆论上也受到压制。

这首诗并没有多么华丽的辞藻，但用典自然、一语双关，把自己的处境和心声完全寄托在小小鸣蝉之上。明代文学理论家陆时雍在《唐诗镜》中，评价这首诗是"大家语，大略意象深而物态浅"。

最后我们看看李商隐和他的《蝉》。李商隐生活的年代是晚唐，这跟虞世南和骆宾王生活的初唐已经完全不同了。按说他进士及第，本来应该前途无量才对，但是因为卷入牛李党争的政治旋涡，两边都不讨好，因此备受排挤。正是在这种情况下，他写了

《蝉》这首诗。在这首诗里,他从蝉的遭遇写起,最后回归到自己本身,表达了自己对高洁品性的追求。

"本以高难饱,徒劳恨费声。"意思是说蝉栖身高枝之上,连肚子也吃不饱;白白地在树上为自己叫屈,却无人在意。这里,李商隐以蝉的生活习性起兴,用一个"高"字暗喻自己的清高;再用"难饱""徒劳"暗示自己的艰难处境,无人关心。

"五更疏欲断,一树碧无情。"五更以后,蝉的叫声几近断绝,可是那些碧绿的树还是老样子,毫不动情。李商隐在这里的意思是,自己的呼声无人倾听、才华无人发掘,就像蝉白白地鸣叫。

"薄宦梗犹泛,故园芜已平。"我官职卑下就像桃梗漂流不定,家园长期荒芜,杂草早已长平。在这两句中,李商隐抛开咏蝉,说起了自己的遭遇。这漂泊不定的宦游生活,使他想起了自己的家乡。可是家乡回得去吗?回不去了,因为家乡早就荒芜了。读到这里,真是一身无奈。

于是他继续写道:"烦君最相警,我亦举家清。"唉,蝉啊蝉,劳烦你的鸣叫能够时常警示我,我家也如同你一样一世清贫啊。在诗的最后,李商隐又回到咏蝉上来,用拟人法将"君"与"我"相对应,把咏物和抒情紧密结合在一起,呼应开头,首尾圆合。钱钟书先生评论这首诗说:"蝉饥而哀鸣,树则漠然无动。树无情而人有情,遂起同感。蝉栖树上,却恝置之;蝉鸣非为我发,我却谓其相警,是蝉于我亦无情,而我与之为有情也。错综细腻。"钱先生认为,不仅树无情,蝉也无情,进一步说明咏蝉与抒情的错综关系。

萤火　杜甫

幸因腐草出,敢近太阳飞。
未足临书卷,时能点客衣。
随风隔幔小,带雨傍林微。
十月清霜重,飘零何处归。

蜂　罗隐

不论平地与山尖,无限风光尽被占。
采得百花成蜜后,为谁辛苦为谁甜?

蝶　李商隐

孤蝶小徘徊,翩翩粉翅开。
并应伤皎洁,频近雪中来。

名相无心与物竞，忠奸鹰隼莫相猜

归燕诗
张九龄

海燕虽微渺，乘春亦暂来。
岂知泥滓贱，只见玉堂开。
绣户时双入，华堂日几回。
无心与物竞，鹰隼莫相猜。

燕子是候鸟，随季节变化而迁徙，总是成双成对出现在屋檐之下。它们安定下来，便衔泥筑巢、哺育后代；到了该走的时节，便与巢穴定下来年之约，一年之后必定回来。

燕子的习性，勾起人诸多感慨，于是自然而然地成了诗歌的常见意象。总的来说，诗人常用燕子表达以下几种情感：

第一种是表达对春天的喜爱，王维就有一首诗叫《春中田园作》，其中有"归燕识故巢，旧人看新历"两句，表达的就是诗人对春天的喜爱。

第二种是渲染离愁。晏殊《蝶恋花》中有"罗幕轻寒，燕子双飞去"句，描绘的是一番秋天的景象，抒发的却是离别之苦。

除此之外，燕子在诗歌中还经常用来表达相思之情，比如周总理就曾经写过一首《春日偶成》，其中有一句"燕子声声里，相思又一年"，燕子们叫来叫去，相思之苦又持续了一年，不知道何时才能相聚。

也有人借燕子表达自己的遭遇，比如刘禹锡曾被朝廷贬到偏远的夔州（今重庆）做官，见到燕子们争抢着回到原来的巢穴，不禁感慨自己流浪在外，连家乡是什么样子都想不起来了，于是写下"衔泥燕子争归舍，独自狂夫不忆家"的诗句。

开元盛世贤相、诗人张九龄却在一首《咏燕》中，写出了不同风格的燕子——他用燕子来表达自己对权贵的厌恶，表露自己报效朝廷的心迹。

前面讲《望月怀远》的时候说过，张九龄敢于直言进谏触怒了唐玄宗，再加上李林甫从中作梗，所以就一直受到打压。但他毕竟深得唐玄宗器重，李林甫也不敢拿他怎么样。直到发生了两件事，张九龄才完全失去了皇帝的信任。

原来，在张九龄还在当宰相的时候，他重用了一个叫严挺之的人，让他做了尚书左丞，因为有举荐提拔这层关系，两个人自然就绑在了一条绳上。

李林甫见状也开始提拔自己的心腹，于是就把萧炅提拔成了户部侍郎。但萧炅这个人没什么文化，一般人都看不起他。

有一次，严挺之和萧炅一同参加了一场葬礼，吃饭的时候，客人的桌子上放了本《礼记》。萧炅拿起书，随便找了几句就开始读。但他不认得几个字,结果把《礼记》里的"蒸尝伏腊"读成了"蒸尝伏猎"。

严挺之听到了,就拿萧炅寻开心,让他再读一遍。萧炅又读了一遍,但还是读错了。

这时候严挺之就笑呵呵地对坐在一边的张九龄说:"朝廷里竟然有个'伏猎侍郎',哈哈哈"。

言下之意就是说,萧炅一个"打猎"的乡巴佬,竟然还进入了朝廷核心部门当官,真是笑话!成语"伏猎侍郎"就专指那些不学无术的人。

萧炅再没文化,也听得出来严挺之在嘲笑自己,简直是无地自容。这事要是搁平时,可能忍一忍也就过去了。但是,打狗还得看主人,嘲笑萧炅,那不就等于嘲笑举荐他的李林甫吗?梁子就这么结下了。

张九龄想缓和一下紧张的关系,就跟严挺之说,李林甫毕竟是皇帝面前的红人,你不如道个歉,去他府上和他搞好关系。

严挺之也是个犟脾气,哪肯跟李林甫道歉?在这之后好几年时间里,除了公事,他竟然一次也没有去过李林甫家。

后来还发生了一起"王元琰事件"。这个王元琰是蔚州刺史,因为贪污受到了朝廷审查。这时候严挺之就出面,为老王开脱罪责。

李林甫觉得机会到了,立马就抓住这事大做文章。他向唐玄宗打小报告说,严挺之的前妻改嫁给了王元琰,所以严挺之出面,这里面绝对有不可告人的秘密!玄宗听了之后就很生气。

可严挺之是张九龄的人啊,张九龄自然不能坐视不管,就为严挺之辩白。不辩白还好,一辩白,唐玄宗自然就更加怀疑他们结党营私。

开元二十四年(736)秋天,张九龄被削夺相权,严挺之也被下放到洺州当刺史去了。

李林甫成了最后的赢家。《咏燕》这首诗就是在张九龄被剥夺了相权的时候写的。

诗从海燕"微渺"开始写起——"海燕虽微渺,乘春亦暂来。"在古代,海泛指比较宽阔的水域,海燕也不是海鸥,就是我们平常所见到的燕子。这里张九龄用了一个"微渺",表面上写的是燕子卑微渺小,实际上写的是自己出身微贱。

张九龄之所以能当上宰相,靠的是自己的勤奋刻苦。二十九岁那年,他从当时还是蛮荒之地的广东来到长安考中进士;之后,当过拾遗这样的小官,也做过食邑数百户的光禄大夫,被流放到岭南又重新调回中央,一步一个脚印,逐渐走到了宰相的位子。

但李林甫则完全不同,他是唐太祖李虎五世从孙,扬州参军李思诲之子。

李林甫生性阴柔,精于权谋,因为与后宫嫔妃宦官往来频繁,总能在关键时刻迎合玄宗的心意，因此深得帝心。

在张九龄看来，与神通广大的李林甫相比，自己当然是非常渺小的。可即便很渺小，也要追随春天的脚步。"乘春亦暂来"虽然写的是"来"，但真正想要表达的是"走"。意思是说，我张九龄在圣明年代入朝为官，就如同南方的燕子只在北方度过温暖的春夏；当气候变化、天气转凉，我也会像燕子一样回到南方。张九龄来自广东韶州，那是燕子乘春而来的出发点，也是燕子遇冷而去的目的地。

紧跟着，颔联说道"岂知泥滓贱，只见玉堂开"。泥滓，指的是燕子衔来做窝的泥渣；玉堂，指的是有玉器装饰的建筑，是燕子做窝的地方。

表面上在说，燕子不知道泥渣是低贱的东西，只知道在华美之处衔泥筑巢；实际上是隐喻自己不懂权谋之术，只见到朝廷开门纳贤，便终日辛劳，苦心经营。

颈联两句"绣户时双入，华堂日几回"，说的是自己兢兢业业，就像这鸟儿一样，一日之内数次出入华美宫殿，只为"衔泥筑巢"，为国事操劳。

尾联"无心与物竞，鹰隼莫相猜"借助燕子之口直抒胸臆：我张九龄既无心与你争夺相位，你李林甫也就不必盯着我不放了。

当时，李林甫已经稳操大权，张九龄绝无翻身可能。这两句显然不是牢骚或者哀求，只是这盛世最后一位名相，在南归之前的一句肺腑之言罢了。

　　这首律诗对仗工整，语言朴素清淡却掷地有声。它名为咏物，实乃抒怀，句句不离燕子，但字字都是张九龄的内心独白。

花鸭 杜甫

花鸭无泥滓,阶前每缓行。
羽毛知独立,黑白太分明。
不觉群心妒,休牵众眼惊。
稻粱沾汝在,作意莫先鸣。

鹭鸶　杜牧

雪衣雪发青玉嘴,群捕鱼儿溪影中。
惊飞远映碧山去,一树梨花落晚风。

鹦鹉　罗隐

莫恨雕笼翠羽残,江南地暖陇西寒。
劝君不用分明语,语得分明出转难。

官仓老鼠横行官仓里,晚唐诗人讽刺晚唐官

官仓鼠
曹邺
官仓老鼠大如斗,见人开仓亦不走。
健儿无粮百姓饥,谁遣朝朝入君口?

古人写诗讲究比兴和隐喻。喜欢不能直接说出来,要先说"山有木兮木有枝";相思也要借"玲珑骰子安红豆"来表达;还有香草美人,不是指美女,而是诗人写给帝王表明自己忠贞贤良的一个意象……

这种隐喻的传统也催生了咏物这个专门的诗歌品类。大千世界,万事万物都可以写进诗中:山川沙漠可以寄托情感,雨雪风霜可用来表达志向,花鸟鱼虫可以是诗人自己的化身,就连石灰、煤炭都有圣人的品格……

吟咏老鼠的诗,是比较特殊的一类。为什么这么说呢?之前我们讲过的咏物诗,所咏之物大都具有比较美好、正面的一些寓意,比如诗人用蝉、竹自况,蝉栖高饮露,竹心空节贞,都具有君子的品格。

可是老鼠呢？生活在幽暗污秽的地方，胆小、短视，以劳动人民辛勤劳作的成果为食，不仅有偷盗之劣行而且贪得无厌，有的时候还会传播瘟疫。所以，诗中如果出现老鼠，大多都以抨击讽刺为主。

晚唐诗人曹邺，在《官仓鼠》中就选取了老鼠偷粮这个习性，对时局进行了辛辣的讽刺。

曹邺出生于阳朔，也就是今天的广西桂林，这里风景宜人，但是当时的教育还非常落后。传说在曹邺家乡的北面，有一座天鹅山。天鹅山婀娜多姿、云雾缭绕，雨过天晴后，山体苍翠欲滴，犹如天鹅引颈，天鹅山因此得名。

在山林深处，有一个隐蔽的岩洞，冬暖夏凉，风雨难侵；透过岩洞口，日光刚好能照射进来，还能吹进来清新的山风，正是学习的好地方。曹邺常到岩洞中苦读，每每读到入迷便忘记了时间，常常是夜半三更才返家休息。

曹邺如此勤奋，为的是有朝一日金榜题名，实现君子士大夫该有的抱负。然而科举之路就像一座独木桥，千军万马来争，能通过的人却不多。曹邺为了考试，在二十岁左右的年纪离开家乡，在京城长安一待就是十年，十年间他九次落榜，脾气禀性也被磨成古井深潭，于是常常吟诵一些闺怨情诗来排遣忧愁。

幸运的是，中书舍人韦悫注意到这个蒙尘明珠，极为欣赏他的诗才，转头就向礼部侍郎举荐了他。这就相当于得到了皇帝身边的秘书长的垂青，通融了考官。于是，曹邺第十次应考果然高中，又是登龙门,又是赴探花宴,还去大雁塔下题名,甚是荣耀,仿佛康庄大道已经摆在他的面前。

但是曹邺的好运气没有延续到公务员考试上,虽然学位拿到了但是工作没着落,还是空欢喜一场。于是,曹邺又在京城蹉跎了两年,直到山东齐州(今济南)缺人,招他为推事,他才拿到了仕途的入场券。

推事主要司理刑事案件,官职不大但是还算能够发挥才干,对于曹邺来说,已经非常不错了,他丝毫没有计较,匆匆赴任。

新官上任后,曹邺仿佛又恢复了年少时的冲劲,竭力为百姓主持公道。

当面对刺史贪赃枉法时,他一查到底,毫不姑息,正如他在诗里写的:"社鼠不可灌,城狐不易防。偶于擒纵间,尽得见否臧。截断奸吏舌,擘开冤人肠。明朝向西望,走马归汶阳。"

意思是:老鼠和狐狸都要严加管教,小心提防!当面拿住问一问,才能知道是好是坏。那些贪官奸吏巧舌如簧,让百姓遭受冤屈,只有把他们都消灭,冤屈才能得到伸张。

眼里揉不得沙子,是这个出身卑微的读书人最大的优点。即使官海沉浮半生,他也不曾改弦易辙。

咸通末年,曹邺被提拔为洋州刺史。洋州也就是今天的陕西洋县,距离京城长安不远,刺史类同于中央派驻到地方的监察官。

此时的曹邺,已然是一个两鬓花白的老人了。曾经那些匡扶天下的济世梦想,即使时间流逝,也没有消弭,反而郁结成他最深重的心结,日日拷打着他。

刺史一职,他当得比年轻时候更认真,也更努力,像一头勤勤恳恳的老黄牛耕耘在自己的田地里,用汗水浇灌着土地,只希望有一天百姓能够衣食无忧、吃饱喝足。

然而,他的努力不过是徒劳——百姓们吃不饱、穿不暖,辛苦种的粮食都被贪官污吏们搜刮干净,官仓里的粮食都喂了老鼠,而官仓之外哀鸿遍野。

目睹这种惨状,曹邺心如刀绞。莺歌燕舞的官僚居所听不到妇孺啼哭,肥头大耳的贪官污吏也不会明白挨饿的滋味。在无比的痛苦与愤怒中,曹邺写下了这首《官仓鼠》。

诗的前两句"官仓老鼠大如斗,见人开仓亦不走"语言通俗却略带夸张。"斗"是古代量米用的容器,十升为一斗,换算成现在的计量单位差不多十二斤半,普通的宠物猫都没有这么重,斗大的老鼠自然也不是寻常所见。

这官仓鼠不仅体形肥大,胆子也不小。一般老鼠生活在隐蔽幽暗的角落里,见人就溜之大吉,所以才有"胆小如鼠"的成语,但这官仓鼠不同,有人来开仓门都不躲避,似乎一点儿也不害怕。

第三句,诗人的取景框突然从老鼠吃米,转向了人无米可吃——"健儿无粮百姓饥"。"健儿"一般是指身体强壮的人;在唐朝通常指前线戍边的雇佣兵——他们拿强健的体魄保家卫国,却连维持生存的粮食都没有。普通百姓更不用说了，辛辛苦苦种粮，到头来，自己却要忍饥挨饿。

至此，这首诗还停留在写景状物的层面，但是人与鼠的对比已经非常明显了。第四句"谁遣朝朝入君口？"，质问脱口而出，诗人想要表达的意思和盘托出。

官仓鼠体形大、胆子大，看似反常，其实可以解释得通：它们食物储备丰富，终日饱餐，自然长得壮硕；平日里没有人开仓整治，它们自然横行霸道、从容不迫。

那么，是谁保护了官仓鼠呢？是谁让戍边将士和百姓挨饿呢？是看守官仓的人吗？是他们管理不力导致粮食被老鼠偷食？是那些吮吸百姓血汗的贪官污吏吗？是他们搜刮民脂民膏，导致百姓苦不堪言，他们中饱私囊，导致军需供给不足，国家内忧外患是否皆来源于此？还是统治者呢？他们昏庸无为，宁愿让将士和百姓忍饥挨饿，也不愿意开仓放粮，最后连老鼠都养胖了，人却只能眼睁睁看着……

曹邺没有给出明确的答案，而是用一个问号结束了本诗。或许连他自己也说不清楚，到底是谁造成了这民生凋敝的晚唐。

其实用大老鼠来讽刺剥削者的写作方法，早在《诗经·硕鼠》中就有。只不过在先秦时代，劳动者追求并不存在的乐土；而晚唐的现实主义诗人，则更希望引导人们去探求苦难的根源。从这个层面来说，《官仓鼠》这首诗，无论是忧国忧民的情感，还是鞭辟入里的讽刺，都比朴素的先民更进一步。

然而，此时的曹邺，也和这个王朝一样垂垂老矣。他虽有心诛伐贪婪的官仓鼠，却无力改变整个黑白颠倒的社会，只有到午夜梦回时，他才是当初那个匡扶天下的济世青年。

延展阅读

马诗·其一 李贺

龙脊贴连钱,银蹄白踏烟。
无人织锦韂,谁为铸金鞭。

羊 李峤

绝饮惩浇俗,行驱梦逸材。
仙人拥石去,童子驭车来。
夜玉含星动,晨毡映雪开。
莫言鸿渐力,长牧上林隈。

房兵曹胡马诗 杜甫

胡马大宛名,锋棱瘦骨成。
竹批双耳峻,风入四蹄轻。
所向无空阔,真堪托死生。
骁腾有如此,万里可横行。

第三章

时令

士甘焚死不公侯，满眼蓬蒿共一丘

寒食
韩翃
春城无处不飞花，寒食东风御柳斜。
日暮汉宫传蜡烛，轻烟散入五侯家。

清明
杜牧
清明时节雨纷纷，路上行人欲断魂。
借问酒家何处有？牧童遥指杏花村。

许多诗人都有"诗词改变命运"的传奇经历：孟浩然因一句不合时宜的"不才明主弃"惹得玄宗皇帝不悦，以致仕途无望；刘禹锡春日赏花写下"尽是刘郎去后栽"，得罪唐宪宗而被贬流放；"同病相怜"的还有大词人柳永，科考落榜之后，他不过发了句"忍把浮名，换了浅斟低唱"的牢骚，便惹怒宋真宗，从此"奉旨填词"，仕途坎坷。

有文豪大咖因"诗"获罪屡见不鲜，也有人凭借一首诗逆袭上位、平步青云,韩翃便是这样一位幸运儿。

韩翃,字君平,是中唐时期"大历十才子"之一。天宝十三年(754),韩翃考中进士,在淄青节度使侯希逸幕府中从事文书工作,后来侯希逸在回朝时病逝,韩翃也随之"失业",在长安闲居了十年,后来又去宣武节度使府中做幕僚。

话说唐德宗时期,有一个知制诰的职位暂缺,引得众人为之争抢。知制诰相当于皇帝的秘书,帮皇上起草诰令,算不上什么大官,但因为在皇帝身边工作,不仅可以直接向皇帝展现自己的能力,还能比其他臣子更早地获得官场、时局的信息,如果做得让皇帝满意了,就能尽快升职,这么好的岗位,求官的人自然挤破了脑袋。

当时,除了宰相等朝中重臣需要皇帝钦点,其他职位都是由中书省上报,皇帝看过后直接签名同意就可以了。但是这次知制诰的职位,中书省上报了两次,唐德宗都不满意。

中书省的人只得询问皇帝心中是否已有属意的人选,德宗便点名"韩翃",因为还有一个同名同姓的韩翃在江淮担任刺史,为避免混乱,唐德宗还特意交代——写"春城无处不飞花"的那个韩翃!中书省的人这才知道皇帝要的知制诰是何人。

得到皇帝钦点,韩翃本人也颇感意外。据《本事诗》记载,当时和韩翃关系颇好的韦巡官深夜叩门,告知韩翃此事。

结果,韩翃不信,韦巡官讲述了前因后果,并说皇帝读了《寒食》,韩翃这才相信。自此,韩翃官运亨通,最终官至中书舍人,走上"人生巅峰",而这首《寒食》也因皇帝的偏爱而名声大噪,成为口口相传的名篇。

今天的人们对寒食节较为陌生,但在古代,寒食节非常重要,前后绵延两千余年,曾为民间第一大祭日。

关于寒食节的由来,一向是众说纷纭,但主流的观点认为,寒食节是为了纪念介子推。

话说春秋时期,晋国公子重耳因"骊姬之难"流亡在外。在那段艰苦的日子里,随从介子推多次在危难之际保护他,甚至不惜割下自己大腿上的肉,让他饱餐一顿。

多年之后,重耳终于重回晋国,不仅当上了晋国国君,还成为春秋一代霸主——晋文公。

在论功行赏的时候,介子推拒绝入朝为官,而是选择带着母亲隐居山林。为了请介子推下山,晋文公偏听了谋臣的歪招放火烧山,可谁知,介子推宁可被山火烧死也不肯下山。

大火熄灭之后,人们看见介子推母子抱着柳树被烧成一团。晋文公悲痛万分、追悔莫及。

为了纪念介子推的一片忠心,将其葬于绵山,修祠立庙,并下令这一天全国禁火,举国上下不许烧火煮食,只能吃冷食,故名"寒食",寒食节由此而来。

到了第二年寒食节,晋文公率群臣登山祭奠,发现死去的柳树竟发出了嫩芽,十分惊喜,便将这棵柳树赐名为"清明柳",并将寒食节第二天定为清明节。因此我们可以说,寒食节和清明节本是

"同宗同源"。

如同其他传统节日一样,寒食节也有一个不断传承并发展的历史过程。寒食节最早只在晋国的"大本营"——山西等地流行,后来才慢慢推广到全国各地,到了汉代时,寒食节的影响力越来越大,有些地方禁火的时间甚至长达一个月之久。

三国时期,魏武帝曹操曾下令取消寒食节禁火的习俗,甚至在《阴罚令》中规定"犯者,家长半岁刑,主吏百日刑,令长夺一月俸"。

时至晋朝,由于"禁"与晋国的"晋"同音,寒食节再次成为全国性的流行节日,禁火寒食的习俗也再次恢复,只是禁火时间缩短为三天。

在后续的演变过程中,寒食节深入民心,还增加了祭扫、踏青、秋千、蹴鞠、牵勾、斗鸡等丰富多彩的风俗。随着岁月的流逝,寒食节和清明节合而为一,成为中国最重要的传统节日之一。

唐朝时期,寒食节还是全国性的"法定节假日",不仅民间要过,宫中也有特定的仪式。韩翃这首《寒食》所描写的,就是寒食节这天的节日盛景。

全诗以白描手法写实,形象地描绘了暮春时节的风光和皇宫内的寒食风俗。前两句"春城无处不飞花,寒食东风御柳斜"描绘白昼之景:长安城春意浓郁,柳絮纷飞、落红无数,寒食节的东风吹拂着御花园的柳枝。

后两句"日暮汉宫传蜡烛,轻烟散入五侯家"描绘夜晚景象:夜幕降临,民间不许点灯因此黑漆漆一片,但宫中却正忙着传送蜡烛,皇帝的恩泽也随着袅袅轻烟进入王侯贵戚的家中。

唐德宗认为,《寒食》这首诗隐含勉励众人如介子推般忠君爱国的政治意蕴,因此给了韩翃仕途晋升的机会。

可是,后人却从这首诗中读出了不一样的味道。第三句中的"传蜡烛",是寒食节的宫廷风俗。

据唐代制度,寒食节期间天下一律禁火,唯有宫中可以燃烛,除此之外,皇帝还会将燃烛赐给得宠的近臣,特许他们不必禁火、以示恩宠。

"轻烟"只散入王侯贵戚之家,百姓却还得遵守寒食节的风俗,诗人用这种潜在的对比关系,对宠臣专权的腐败现象进行了委婉的讽刺。

这首诗文字上的美感,收获了统治者的目光;字里行间的对比关系,又辛辣地讽刺了统治者。一正一反,双重解读,让这首诗成为不朽之作。

相较于寒食而言,今天的人对于清明节更为熟悉。

清明,最初是我国古代二十四节气之一,时间是每年的农历三月一日前后,在春分之后,谷雨之前。历书记载:"春分后十五日,斗指丁,为清明,时万物皆洁齐而清明,盖时当气清景明,万物皆显,因此得名。"

寒食节与清明节时间几近相连,寒食节后一二日便是清明节。

最初，清明节只是寒食节的"附属"，人们只看重寒食节而忽视清明节。

宋元时期，清明节逐渐取代寒食节的地位，不仅上坟扫墓等仪式多在清明举行，就连寒食节原有的风俗活动如冷食、蹴鞠、荡秋千也改到清明进行。时至今日，清明节已成为中华民族最重要的传统节日之一。

春光明朗，生机勃勃，因此清明常被歌颂为人间好时节。白居易有"好风胧月清明夜，碧砌红轩刺史家"的句子，程颢也说"况是清明好天气，不妨游衍莫忘归"。

除了明朗生机，清明细雨纷飞、潮湿清冷的特点还造就了一大批伤怀诗。清明的雨不仅湿了枝头，湿了杏花，还湿了人的眼眶。比如杜牧的《清明》。

杜牧的祖父曾任三朝宰相，父亲也在兵部任职。杜牧年少时家境优渥，熟读诗书，但未及弱冠便家道中落。家庭遭遇重大变故的杜牧并未因此放弃往日里的骄傲，虽然贫困度日但一直志在报国，匡时济俗。

会昌二年（842），杜牧外放为黄州刺史，两年后迁池州刺史，外放无异于贬谪，这个一向自视甚高的才子从此仕途无光。在池州任职期间，杜牧曾经过金陵杏花村饮酒，并写下了《清明》。

这首小诗常用于儿童启蒙，内容通俗易懂，所描写的景象选取了清明时节的典型特点，生动有趣，妙韵天成。

第一句"清明时节雨纷纷"交代了环境与气氛。"纷纷"一般用来形容细碎繁多,比如我们常说"大雪纷纷",意思是雪花窸窸窣窣、渐次飘落的样子,诗人在这一句说"雨纷纷",那么这个雨,就一定是淅淅沥沥的细雨,而不是瓢泼大雨。细雨纷纷是清明时节应有的气候特点,同时也暗示了人们祭奠时的心情。

第二句"路上行人欲断魂"点出了人物的活动和状态。"行人"不是我们通常理解的"在路上行走的人",而是离开家乡的羁旅之人;"断魂"也不能理解为清明节的鬼魂,而是形容人们情绪低落、失魂落魄的样子。

中国人有慎终追远、敦亲睦族的文化习惯,对祖先的纪念和对已逝亲故的缅怀,甚至比直接对挚爱亲朋表达爱更重要。恰逢清明,诗人远走异乡、孤身赶路,心中本就郁结几丝愁绪,偏偏又赶上细雨飘洒,春衫尽湿,触景伤怀自然"欲断魂"。

前两句交代了情景,也带出了问题。"欲断魂"怎么办呢?不如找个酒馆小酌两杯,一来歇歇脚、避避雨;二来让烧热的酒带来一丝暖意,消解一下心头的愁绪。

于是,有了第三句"借问酒家何处有"。问的是谁呢?第四句里有答案——"牧童遥指杏花村"。

原来问的是路上碰到的"牧童"。他以行动代替答话,给诗人指了去杏花村的方向。其实杏花村不一定是真的村名,也未必指的是酒家的名字,理解为"在杏花深处的村庄"更符合整首诗的意境。在不远不近的地方,杏花枝头分明挑出一个酒帘,正待雨中行路客人稍作停留；更妙的是，诗在此处戛然而止，诗人是否前往，是否喝到酒，愁绪是否还在……一切均在篇幅之外，完全交给读者自己去想象与领会，余韵邈然，回味无穷。

清明日园林寄友人　贾岛

今日清明节,园林胜事偏。
晴风吹柳絮,新火起厨烟。
杜草开三径,文章忆二贤。
几时能命驾,对酒落花前。

寒食野望吟　白居易

乌啼鹊噪昏乔木,清明寒食谁家哭。
风吹旷野纸钱飞,古墓累累春草绿。
棠梨花映白杨树,尽是死生别离处。
冥寞重泉哭不闻,萧萧暮雨人归去。

星桥横渡亡妻不来,秋扇扑萤君王不惠

七夕
李商隐
鸾扇斜分凤幄开,星桥横过鹊飞回。
争将世上无期别,换得年年一度来。

秋夕
杜牧
银烛秋光冷画屏,轻罗小扇扑流萤。
天阶夜色凉如水,卧看牵牛织女星。

农历七月七日,是中国传统的七夕佳节,也被称为"乞巧节"或者"七姐诞"。

相传,玉皇大帝的第七个女儿擅长织布,能为天空织出彩霞,但她讨厌枯燥的天庭生活,于是私自下凡与河西牵牛郎相爱。玉帝得知后勃然大怒,于是把他们分隔在银河两边,每年七月七日才能在喜鹊搭的桥上相见一次。

汉诗有云"盈盈一水间,脉脉不得语",说的就是牛郎织女一年一会的故事。

也许是因为七夕与这个爱情故事有关,所以现代人也把它称为"中国情人节"。其实这是个误会。

古代的七夕没有情侣之间表达爱意的活动,习俗都是为女孩子们准备的。

未婚的少女会专门梳妆打扮,在月下比拼穿针引线的功夫,祈求自己拥有像织女一样的巧手,获得一段幸福美满的姻缘;已婚有孩子的妇女也会给孩子扎上红头绳,祈求上天保佑孩子平安健康。

祖咏在一首《七夕》的诗里,描写了女孩子们盛装出席、穿针斗巧的场景——"闺女求天女,更阑意未阑。玉庭开粉席,罗袖捧金盘。向月穿针易,临风整线难。不知谁得巧,明旦试相看。"

梳妆、女红之类活动可没有男孩子什么事,女孩子的时间都被占用自然也没法出门约会,所以乞巧节与其说是情人节,倒不如说是女儿节。

在唐宋时期,七夕是非常隆重的一个节日,民间也留下了大量的诗词。李商隐的《七夕》和杜牧的《秋夕》就是其中的佼佼者。

作为晚唐的两个代表性诗人,李商隐和杜牧的命运隐隐暗合:靠读书进入官场,却因为牛李党争无法发挥才能,因此他们的诗里总有哀叹。

不同的是,杜牧哀叹之后还能做个风流才子,而李商隐哀叹之后还是哀叹,他无心风流,因为深爱着自己的发妻,即便她去世多年之后,李商隐还是念念不忘。

大中七年（853）农历七月七日的夜晚，李商隐仰望天空，不由得想起亡妻，一时间悲从中来，写下这首《七夕》：

头两句"鸾扇斜分凤幄开，星桥横过鹊飞回"，写的是诗人想象中的景色。第一句，鸾扇交叉掩映，垂帘次第打开，分明就是皇后大婚的仪仗。

此处，李商隐暗示这首诗是写给已经去世的发妻的；之前喜鹊跨越银河搭起星桥，而此时都已经收工飞回去了，表示自己与妻子恰好错过，不得相见。

后两句"争将世上无期别，换得年年一度来"抒发的是诗人长期压抑的心情。"争"这个字用得好，诗人拼尽全力，却不知道如何把人世间的生离死别化作神话传说中一年一度的相见。

是啊，牛郎织女虽然相隔两地但好在可以每年一见，深爱的妻子撒手人寰，自己想用一切去换一次相逢，但就是求而不得，争而无果，最后徒留一身的迷惘与怅然。

或许这也是李商隐爱用神仙典故的原因，求仙不就是一条缥缈又无果的道路吗？

就像他在另一首诗《海上》写的"直遣麻姑与搔背，可能留命待桑田"，就算你能让麻姑（神话中的一位仙女）给你搔背，你就能留下不死的生命等待沧海变成桑田了吗？当然不能。

李商隐的诗总是这样，有一种追求，有一种向往，但他的追求和向往总是不可得，所以他的诗里总有着一股最深切的悲哀。

杜牧就不同，虽也有悲哀，但他的悲哀还有可以疏导的地方，杜牧的《秋夕》就是这样的。

前两句"银烛秋光冷画屏,轻罗小扇扑流萤"是深闺生活的画面。银白色的蜡烛在秋夜泛起冷光,照亮屏风上的图案;手执轻巧的丝质团扇,扑打着飞动的萤火虫。

这两句没有主语,但能想到主人公是独居偏僻之所的女子。为什么呢?首先,萤火虫往往出现在人迹罕至的荒野,古人误以为它们是由腐烂的草变成的,这个说法虽然不科学,但是至少人们已经注意到,有萤火虫的地方总归不是闹市。

其次,第一句中银白的烛光、幽冷的画屏都表明,入秋之后天气转凉,但是这女子还在用轻罗小扇扑打飞虫,足见她无事可做,只能挥动扇子扑打飞虫,来消遣无边的孤独与寂寞。

所谓"秋扇见捐",秋天的扇子其实是古典文学中的一个常见意象,因为夏天人们用扇子纳凉,到了秋天就用不上了,所以秋扇常用来表示曾经得宠、后来被抛弃的人。

当年,汉成帝因班氏文采斐然而宠爱有加,封为婕妤;后来飞燕、合德两姐妹入宫,设计陷害班婕妤,班氏失宠,独居长信宫,在漫长寂寞的冷宫生活中,写下了著名的《怨歌行》——"新裂齐纨素,鲜洁如霜雪。裁为合欢扇,团团似月明,出入君怀袖,动摇微风发。常恐秋节至,凉飙夺炎热。弃捐箧笥中,恩情中道绝。"自此以后,秋扇也就成了弃妇的代名词。

被抛弃的女子在"扑流萤","扑"这个字说明动作幅度很大,显然她不是在玩闹而是在发泄心中的怨气。原本静态寒凉的画面,没有因为主人公的动作而富有动感,反而凸显出时光的缓慢悠长和人物内心的麻木与凄凉。

最后两句"天阶夜色凉如水,卧看牵牛织女星"。秋日深夜,夜色寒凉如水,主人公许是疲了,又或是挨不住空房间的孤独,便在露天的石阶上躺下来,仰望天际牛郎织女相会的景象。

繁星满天原本是热闹的,但这七夕夜,偏偏只有牵牛织女星映入眼帘。牛郎织女隔着银河,尚且能够一年相见一回,她和情郎呢?咫尺天涯!恐怕往后余生,只能在这画屏背后独自枯萎。

画屏天阶说明女子生活富足,而秋扇独扑则有班婕妤冷宫闺怨的含义,所以历代鉴赏家都将主人公视为祈求皇帝恩宠的宫娥。如果是这样,那么这首诗的悲剧色彩恐怕还要更重一些,因为宫廷中的七夕节,可能比民间还要热闹,比如玄宗曾在宫中选了一座用彩锦编制成的乞巧楼,每逢七夕夜就摆设着各色瓜果酒肴,妃嫔们也执"九孔针"穿"五色线",以得巧为乐。

王建在《宫词》中用"每年宫里穿针日,敕赐诸亲乞巧楼"记录下这一幕。相比之下,青灯侧卧的主人公,连一年一度的七夕活动都缺席,岂不是更加寂寞?

一般来说,闺怨诗往往以少女闺思、弃妇妒怨为主要内容,美在缠绵悱恻、情深义重,但往往因为题材限制,难有格调脱俗之作。

杜牧这首《秋夕》,虽以宫娥视角着笔,但没有一字一词表达怨恨,甚至没有一行一句抒发情感;通篇写景叙事,景色清新雅致，人物活动也颇有意趣。巧妙新颖的构思与质朴流畅的语言，让本诗具有了独特的艺术感染力。这首诗不仅是一首七夕佳作，也是闺怨诗中的上品。

他乡七夕　孟浩然

他乡逢七夕,旅馆益羁愁。
不见穿针妇,空怀故国楼。
绪风初减热,新月始临秋。
谁忍窥河汉,迢迢问斗牛。

七夕　白居易

烟霄微月澹长空,银汉秋期万古同。
几许欢情与离恨,年年并在此宵中。

乞巧　林杰

七夕今宵看碧霄,牵牛织女渡河桥。
家家乞巧望秋月,穿尽红丝几万条。

八月十五中秋月，不知秋思落谁家

十五夜望月寄杜郎中
王建
中庭地白树栖鸦，冷露无声湿桂花。
今夜月明人尽望，不知秋思落谁家。

作为仅次于春节的第二大传统节日，中秋节可以说是由来已久。一般来说，中秋节起源于中国人对月亮的崇拜，早在春秋之前，中国古代的帝王就一直恪守着"春祭日，秋祭月"的庆典活动。《礼记》记载，"天子春朝日，秋夕月"，这里的"夕月"，就是对月亮的祭祀。而由于秋天的第二个月又被称为"仲秋"，所以这个在秋天对月亮举行祭祀庆典的活动，就被称为中秋节。

除了对月亮的祭祀，中秋节的第二个目的是庆祝丰收。因为农历的八月正好是各种瓜果收获的季节，人们辛劳大半年，也终于可以在八月十五中秋节这一天，来享用一下自己的劳动成果，因此中秋的这一顿大餐，也被称为"秋报"，意思就是自己的努力终于在这一天有了回报。

既然说到了中秋的大餐，那就不能不提到中秋节的传统美食：

月饼。月饼的雏形据说是北宋时期人们在中秋节非常喜欢吃的一种点心"宫饼",也被称为"月团",苏轼就曾称赞这种点心"小饼嚼如月,中有酥和饴"。南宋时,"月饼"这个称呼,第一次正式出现。到了明朝,中秋吃月饼的习俗开始在民间流传开来,中秋节吃月饼就成了一种约定俗成的习惯。文学家田汝成在游记中记载:"八月十五日谓中秋,民间以月饼相送,取团圆之意。"

当然,虽然说了不少中秋节的起源、习俗,但说来说去,中秋节最绕不开的要素就是月亮。中国人对于月亮,有着一种近乎痴迷的情感,而对于中国古代的文人来说,月亮则是他们的灵感源泉,是他们的缪斯。中秋节的"月元素"也让中秋节成了文艺气息最为浓厚的节日。苏东坡曾举樽对中秋之月,写下了"明月几时有,把酒问青天";晏殊也曾在庭院当中,对着中秋的月亮低吟过"未必素娥无怅恨,玉蟾清冷桂花孤";诗豪刘禹锡还曾抬手指中秋之月,高唱过"天将今夜月,一遍洗寰瀛"。

然而咏月诗词虽多,特地写中秋节望月的唐诗却不多。其实原因很简单,在这一天赏月食饼、庆祝团圆的习俗是唐朝初年才出现的;整个盛唐时期,这个风俗都不算盛行。所以即便是李白这样以好月著称的大诗人,也没有几首中秋诗。不过,这并不是说唐诗中没有中秋赏月的佳作,王建的《十五夜望月寄杜郎中》就很值得一读。

王建出身寒门,大历年间进士及第,后从军塞上,在幽州担任参军。四十六岁得到县丞的职位,才算正式进入仕途;后来他升迁成为太府丞,掌管与农业有关的事务和账簿。因为怜恤百姓、清廉为官，所以王建一直都在穷困潦倒中过活。他擅长写乐府诗，诗歌内容大多具有批判意义，把对百姓疾苦的同情和对腐败现实的讽刺，写得淋漓尽致。大和三年（829），王建出任陕州司马，之后又改任光州（今山东莱州）刺史。光州人家有在庭院种植桂花的习惯，八月十五中秋夜，皎洁的圆月照耀着庭院，好似地上铺了一层白霜，鸦雀聒噪，在一片黑压压的树枝间，一刻都不消停。王建闻到桂花芳香，想到天下寒士共赏一轮明月，不禁感怀，写下这首《十五夜望月寄杜郎中》。

　　首句"中庭地白树栖鸦"写的是月夜的景色，全句不见一个"月"字，却处处都有月亮的影子。"中庭地白"是月光洒满庭院的景象，跟李白《静夜思》中的"床前明月光，疑是地上霜"一个道理；"树栖鸦"本来与月亮无关，但是能够引起诗人的注意，必须是月光皎洁透亮到能看清栖在树上的鸦雀，跟王维《鸟鸣涧》中"月出惊山鸟，时鸣春涧中"一个道理，也跟周邦彦《蝶恋花》中"月皎惊乌栖不定"一个道理。月亮一直都在，而且高悬于头上遍洒庭院。

　　如果说前一句写的是中秋月夜的色彩和声音，那么次句"冷露无声湿桂花"写的就是感觉和气味。金秋时节的夜晚，天气湿冷、秋露氤氲。桂花被露水打湿，香气仿佛可以在水汽之间穿梭，兀自跑到作者鼻子里似的。这一句从触觉写到味觉，但是一点儿也不突兀，因为丹桂飘香，确实是秋天独有的味道。"晚风索索酒初醒，岩桂花开香满庭"是它，"浓露灌桂花，清香袭庭几"也是它，"桂子月中落，天香云外飘"还是它。

可八月十五夜，桂花树不止院子里这一株，月亮上也有。传说广寒宫有一棵桂花树，高五百丈，开出的桂花可以酿出天下最好的酒。树下有一个人在砍伐它，但是每次砍过之后，被砍的地方就会立刻复原，甚至还会长出新的枝叶。就这样砍了几千年，桂花树不仅没有被砍掉，反而愈发枝繁叶茂。就是这样一棵上古神树，是否会在这寒凉之夜沾染上轻盈的露珠？是否也会在万众瞩目之下散发出阵阵清香呢？是啊，普天之下，有谁不在中秋之夜举头望月、神驰碧空呢？于是，诗人脱口而出："今夜月明人尽望，不知秋思落谁家。"

前两句写景都是铺垫，最后两句诗人直接点题，不仅指明自己在望月，还联想到世间人人都在仰望，颇有一种"天涯共此时""千里共婵娟"的意思。但诗人没有就此搁笔，最后还在追问：不知道这秋日情思可落到谁家？《唐诗训解》点评说"落句有怀"。诗人怅然于家人离散，因而由月宫的凄清，引出了入骨的相思。他的"秋思"必然是最浓挚的。然而，在表现的时候，诗人却并不采用正面抒情的方式，直接倾诉自己的思念之切，而是用了一种委婉的疑问语气。天下离人千千万万，怀人愁绪如绵绵秋草，逐处丛生；诗人说"不知秋思落谁家"并非真不知，而是极写秋思的浩茫浑涵，似虚而实，深得诗歌含蓄之美。

明明是自己在思人，偏偏说"秋思落谁家"，这就将诗人对月怀远的情思，表现得蕴藉深沉。在炼字上，"落"字新颖妥帖，不同凡响，它给人以生动形象的感觉，仿佛那秋思随着银月的清辉，一齐洒落人间……

中秋夜 李峤

圆魄上寒空,皆言四海同。
安知千里外,不有雨兼风?

天竺寺八月十五日夜桂子　皮日休

玉颗珊珊下月轮,殿前拾得露华新。
至今不会天中事,应是嫦娥掷与人。

中秋对月　曹松

无云世界秋三五,共看蟾盘上海涯。
直到天头天尽处,不曾私照一人家。

九月九日重阳日,异乡异客倍思亲

九月九日忆山东兄弟
王维
独在异乡为异客,每逢佳节倍思亲。
遥知兄弟登高处,遍插茱萸少一人。

中国人特别喜欢六、八、九之类的数字,认为它们有吉祥、美好的寓意——在文化人类学中,这种现象被称为"数字崇拜"。

"九"是中国人喜欢的数字,数之大者为九,在《易经》中代表至阳。农历九月初九,日月重九,所以这一天就被称为"重阳"。九九归真,一元肇始,重阳之日自然是特别吉祥的好日子。

所以民间自发形成了重阳节登高、宴饮、插茱萸、赏菊花的习俗,一来踏秋出游,不枉秋日美不胜收的风景;二来祭天祭祖,庆祝丰收,祈求福寿延绵、长长久久。

"重阳节"起源于三国时代;到了魏晋南北朝,节日气氛渐渐浓厚起来,出现了登高、饮酒、赏菊、佩插茱萸的风俗习惯。魏晋名士本就以风雅、清高著称于世,重阳节如此雅致的民俗,自然而然就化入诗歌当中。唐宋时期,诗词创作进入黄金期,以重阳为题的名篇数不胜数。

王勃的"九月九日望乡台,他席他乡送客杯",卢照邻的"九月九日眺山川,归心归望积风烟"写的是登高;孟浩然的"待到重阳日,还来就菊花",杜牧的"尘世难逢开口笑,菊花须插满头归",白居易的"满园花菊郁金黄,中有孤丛色似霜"写的是赏菊;李清照的"东篱把酒黄昏后,有暗香盈袖"写的是饮酒;李煜的"又是过重阳,台榭登临处,茱萸香坠",杜甫的"明年此会知谁健?醉把茱萸仔细看"写的是插茱萸。

把所有这些都写了个遍,并且流传度最高的重阳诗,还得是"诗佛"王维在十七岁写的《九月九日忆山东兄弟》。

王维是河东蒲州人,放在今天的话,是山西永济人。而这首诗的题目里分明写着"山东兄弟",难道他在山东省也有亲戚吗?其实不然。

我们今天说的山东、山西是以太行山为界,太行山以东的黄河流域称山东;但是在更早以前,山东是指崤山以东的地方,也包括了现在山西、河北等大部分地区。

十七岁的王维离开家乡,独自在首都长安求取功名。长安与蒲州之间的距离并不算远,但一山一关横亘中间,把他和其余的兄弟隔离开来,于是产生了相思、挂念之情。

开篇"独在异乡为异客,每逢佳节倍思亲",王维没有写景铺垫也没有比兴,而是起笔用一个"独"字直抒胸臆,言尽离家之苦、异乡人之孤独;在举国欢庆的佳节时分,这样的苦与孤独成倍放大,对亲人的思念也如泉涌般脱口而出,来不及做一分半秒的铺陈。

两个"异"字叠用,在含义上起到了着重号的作用。王维来长安两年,他既不是在此出生,也没有在此成长,生活习惯不同、口音和饭菜的味道也都不一样,他仿佛一个被移植过来的器官,与这具身体、与这片土地格格不入。

在音律上,反复吟咏也能让抒情更加缱绻,异客在异乡最渴望有亲故陪伴,但是诗人偏偏"独在异乡",身边竟连半个可以诉说的人都没有。

若在平常也便罢了,恰逢重阳佳节阖家宴饮,家乡的桌上却没有自己的碗筷,自己的餐饭也没有人对食。这重阳过得孤独啊,许是菊花都不好看,美酒也没滋味了。

刚到外地上大学的青年大概最能理解这种心境。自己带着梦想来到大城市,京城的车水马龙,或者魔都的霓虹天际线,这些原本吸引人的东西,在团圆时节仿佛都变成了嘲笑声,笑自己形单影只。

是啊,父母不在身边,要好的闺蜜哥们儿也四散各地,新朋友还没交到,新生活也不是事事顺心如意,还是乡愁与自己最熟,每逢佳节都来光顾。

开门见山的写法,如果放在议论文写作上,接下来展开论述,再合适不过;但放在抒情散文上就难办了——高潮已经形成,如果后劲不足则虎头蛇尾在所难免;如果后一句更加掷地有声,则会显得用力过猛,情感齁浓不高级。这样的话,又怎么能成为佳作呢?

好在王维另辟蹊径,在抽象的抒情之后,把镜头聚焦在兄弟登高、插茱萸的具象画面上——"遥知兄弟登高处,遍插茱萸少一人"。

想到远方的兄弟们,依着过节的习俗登高望远、头戴茱萸,想必他们已经发现,曾经一起玩乐的几个人,唯独少了摩诘我呀!

这短短十四个字,有两处视角变换,在写法上与杜甫的"忆弟看云白日眠"相似,在意境上与白居易的"一夜乡心五处同"相似。

首先是诗人的视角,他"遥知"远方,这是"倍思亲"的具体表现;其次是兄弟的视角,他们发现"少一人",这与开头的"独"形成呼应——王维就像一块丢失的拼图,孤零零地不知道在何处,给原本的位置留下一块空缺。

我们读王维的诗,常能读到通篇写景、不言情感的诗句,这种淡到无我的风格更符合我们印象中"诗佛"的手笔。

但《九月九日忆山东兄弟》这首诗,不仅直抒胸臆,而且情感充沛浓郁,在王维作品中实属少见。就像我们印象中的杜甫,沉郁顿挫、老成持重,但意气风发的时候,也写过"会当凌绝顶,一览众山小"这样的句子——生命阅历对文学风格的塑造,就像风雨对岩石的塑造一般,潜移默化但是效果显著。

王维天生多才多艺,求学长安的日子虽然背井离乡,但并不缺少朋友。虽然每逢佳节倍思亲,但是平常时日,他与王公贵族打交道，出入京城富二代的宴游活动，还是各种艺术沙龙的常客。最终王维二十一岁考中状元郎，顺利进入官场。

如果王维能够一直保持这种运气，想必能成为杜甫"一览众山小"的现实版本，可惜并没有。开元二十四年（736），玄宗皇帝开始听信李林甫的谗言，将一代名相张九龄罢免，从此，光耀中国历史的大唐盛世慢慢落下帷幕，李林甫登上权力的顶峰，人民即将陷入水深火热之中。

此时的王维，对当官渐渐失去了热情，也不再像年轻时那样要求有所作为。但他又不愿一下子离开官场，于是开始了当一天和尚撞一天钟的生活，上班了就去一下，下班了就回家参禅，要么就是约上几个和尚玄谈——过起半官半隐的生活。

为了与志求寂静的母亲一起修行静养，王维买下了宋之问在蓝田的旧宅，重新修葺成了辋川别业，打造出一片诗意栖居的山水胜地。仅专掌扫地的童仆就有十数人，还有两个童子专门扎扫帚，可见其规模之大及其对"洁净"的要求之高。

母亲去世之后，王维几乎将全部的精神都寄托在山水佛理之中，绘制辋川图长卷，与诗人裴迪和诗，为后世盛赞的"行到水穷处，坐看云起时""明月松间照，清泉石上流""漠漠水田飞白鹭，阴阴夏木啭黄鹂"都是在辋川写的。这些诗清新淡雅，意境优美，禅意十足，诗画浑然一体，无一丝一毫烟火气，艺术性极高。早已不再是少年心境的王维，这才活成了真正的"诗佛"。

后来，他又经历了安史之乱，伪官风波更是让他差点儿丢了性命,好在一切都顺利解决,王维从尚书右丞的官阶上辞职,第二年便安然离世,享年六十一岁。那个曾经"每逢佳节倍思亲"的少年,最终也没有回到家乡。如果问他魂归何处,肉身所藏之地太俗,作为精神家园的辋川或许才是最佳答案。

九月九日登玄武山　卢照邻

九月九日眺山川,归心归望积风烟。
他乡共酌金花酒,万里同悲鸿雁天。

重阳席上赋白菊　　白居易

满园花菊郁金黄,中有孤丛色似霜。
还似今朝歌酒席,白头翁入少年场。

蜀中九日　　王勃

九月九日望乡台,他席他乡送客杯。
人情已厌南中苦,鸿雁那从北地来。

绿蚁新酒红泥炉，乐天问友酒一壶

问刘十九
白居易

绿蚁新醅酒，红泥小火炉。
晚来天欲雪，能饮一杯无？

俗话说，形同槁木因诗苦，眉锁愁山得酒开。中国诗人大都爱酒，而且得是好酒、美酒、家酒、醇酒……这酒便如同灵丹妙药，解千愁，除万难，招待朋友、亲邻时，更是少不了美酒。

但不同的诗人，饮酒上的癖好也不太一致。诗仙李白喜欢豪饮，还喜欢跟人斗酒，发现人家停了杯，就吟上一首《将进酒》，一边自己酣饮，一边劝人"杯莫停"，三两大碗端上来，就怕把你灌不醉。诗圣杜甫也喜欢喝酒，嗜酒程度不亚于李白，甚至还为一起喝酒的"老伙伴们"代言，写下《饮中八仙歌》，将李白、贺知章等人的醉态摹画得栩栩如生。

可是，有一个人，虽然爱酒，却并不贪杯，还爱自己酿酒。他酿的家酒，不仅味道甘醇，而且品质极高。有诗为证："开瓶泻樽中，玉液黄金脂。持玩已可悦，欢尝有余滋。一酌发好容，再酌开愁眉。连延四五酌,酣畅入四肢。"说的是,这酒坛一开,芳香四溢,酒香扑鼻,而且色泽鲜亮,犹如琼浆玉液般诱人,仅仅是捧在手上就欢喜得不得了,更不用说入口一品!……喝到停不下来,只觉得全身舒畅,筋通体顺,无比惬意。这听起来像是一个酒鬼在胡言乱语,其实,写诗的人可是一个大文豪——连吟诗也要吟到着魔地步的白居易。

"诗魔"白居易,其实是一个很有故事的人。因为性情耿直,白居易十分讨厌溜须拍马、曲意逢迎的诗歌。在他看来,诗歌应当从生活中来,到生活中去,诗人更应当体验生活,富有生活情趣。于是,抱着这样乐天态度的白居易,对待生活也十分认真。他不仅热爱自己酿酒,更热爱与友人共饮。曾经在一个雪夜,他静坐暖房,等候着友人赴约,候客间隙,便写下了一首堪称喝酒邀约的极品"劝酒词"。这首劝酒词在后世无数次被提起、被推崇,成为朋友之间最温暖的邀约。

其实,年少时的白居易是不爱喝酒的。他的祖籍在山西太原,出生于河南新郑,父亲在徐州当县令,白居易没有跟着父亲长大,而是被送到宿州避难。当时,藩镇割据的情况已经十分严重。战火从河南烧到了徐州,白居易从很小的时候,便体会到颠沛流离的滋味。所以,在读书这件事上,他比同年龄的孩子都要刻苦,再加上天资聪慧,很快就诗书满腹。教授白居易的夫子也非常看重这个孩子。每每看到他因为苦读,口生疮,手磨茧,早生华发就十分心疼,不过,白居易也十分争气,一首《赋得古原草送别》名动天下:

> 离离原上草,一岁一枯荣。
> 野火烧不尽,春风吹又生。
> 远芳侵古道,晴翠接荒城。
> 又送王孙去,萋萋满别情。

十六岁,白居易去京城寻找名师指点。初生牛犊不怕虎,他第一个想到的就是文学大家顾况。当时,顾况是编纂国史、起草诏令的第一人,早已名声在外。不过,凡是大家都有点脾气,顾况也不例外。老前辈自视甚高,很少夸赞、推许他人。所以,尽管顾府门前车水马龙,来拜访和求教的人络绎不绝,可众人却常常乘兴而来,败兴而归,满脸羞惭地离去。当年轻的白居易递上名帖的时候,顾况并没有太重视,反倒对他的名字开起了玩笑,"白居易",现在京城米价这么贵,就算想住也不一定住得下来,还想白白居住,岂不是异想天开?顾况摇了摇头,漫不经意地翻看起白居易的诗稿。抬眼看到头四句"离离原上草,一岁一枯荣。野火烧不尽,春风吹又生",就直接目瞪口呆,连胡子都忘了捻,不由自主地挺直腰板,认认真真往下看,结果越看越移不开视线,连声叫绝!等到放下诗稿,顾况长叹一声:有此才华,别说是长安,天下又有何难?他再也不敢轻视眼前这个看起来依然青涩的少年了,反倒是越看越欣赏,越看越喜欢。在顾况的大力赞扬和举荐之下,白居易很快名扬京城。可这些才名还不足以让他成功入仕。在长安蹉跎了三年后,白居易决定返乡继续苦读。又过了十年,白居易才以新晋进士的身份返回长安诗坛,正式踏入仕途。

唐宪宗同样十分欣赏白居易的才学,让他做言官。白居易也十分负责,不仅时常上书谏言,还写了很多讽刺诗,甚至当面指责皇帝的错误。皇帝一开始还能认真采纳,时间长了也不大乐意,偷偷跟宰相李绛抱怨好多次,说"白居易小子,是朕拔擢致名位,而无礼于朕,朕实难奈"。白居易耿直的性格不仅让皇帝烦恼,还得罪了朝中不少大臣。终于,白居易一生最大的劫难出现在他四十三岁那年。公元815年,宰相武元衡遇刺身亡,白居易上表要求缉拿凶手,一向对他怀恨在心的官员借机挑拨,弹劾他越职言事;紧接着,白居易又被其他官员诬陷"有害名教",原因是他的母亲因看花时坠井而去世,但他却著有"赏花"及"新井"诗。多重理由叠加,性情正直的白居易就这样被贬到江州去做司马了。巨大的落差以及被误解、陷害的委屈萦绕在诗人心头,他黯然失魄地收拾行囊离开京城。这次贬官经历也彻底地磨灭了诗人心头的锐气,让他变得内敛、沉寂了。

被贬期间,他写下名垂青史的《琵琶行》。后来,被召回京城的时候,诗人已经是"面上灭除忧喜色,胸中消尽是非心"的老者,人生理想也从兼济天下换成了独善其身。从这时起,白居易的诗风开始发生转变,酒逐渐成为重要的抒情意象。最开始喝酒,白居易会邀请一众好友共饮,一旁有丝竹伴奏、僮妓侍奉,席间,觥筹交错、饮酒赋诗,无比快活,如果碰上美酒,更要大家齐聚,共同品鉴。在外贬期间,他就常常与元稹、刘禹锡相伴,游历扬州、楚州一带，还与当地的名士、僧人交好，共同饮酒、出游，虽仕途上不得志，却恬然自得、逍遥物外。

有一天，有商贩带来几坛好酒，赠予白居易。按照惯例，白居易邀友共饮。当酒盖启开后，不同寻常的醇香幽幽传出，不一会儿，整个屋子都浸淫在酒香中。所有人都被这坛美酒吸引了，一盅入喉，回味悠长，让人爱不释手。很快，美酒就见了底。众人怅然若失，仿佛刚刚从酒香中醒来。饮酒之人都对美酒赞不绝口，可都形容不出酒的醇香。直到宾客散尽，白居易对着空酒坛陷入深思，翻来覆去地想了很久，最后决定亲自酿造一番。他兴致勃勃地将谷物蒸熟，然后加入酒曲放入缸中发酵。刚好碰上当年梨树大丰收，于是，吃不掉的梨子也都用大缸密封了起来。

等到酒酿好的时候，梨汁也正好发酵完成了。一揭开酒缸，醇香扑鼻，酒面还浮起来一层翠绿的酒渣，粗看仿若一只只蚂蚁。然而，新酿的酒虽然味道甘醇，却不是之前的美酒滋味。就在苦思冥想之际，白居易突然来了灵感：如果将发酵好的梨汁加入酒中，味道会如何呢？几天之后，他再次开窖品尝，发现酒香混合了梨香，酒香更加清冽，梨香更加醇厚，入口清甜却余味悠长，减轻了新酒的苦涩，比之前更加美味！就这样，白居易误打误撞发明了这种梨香酒，也算是趣事一桩。

兴奋的白居易迫不及待地向老朋友刘十九邀约，请他同聚共饮梨香酒。这个刘十九是嵩阳隐士，在家中排行十九，据说是刘禹锡的堂兄，与白居易也十分交好。到了傍晚时分，天气转阴，眼看就要下雪了。白居易害怕友人借口下雪推拒自己,赶紧写诗劝说,差人送到刘十九手里的,赫然是一张小笺,上面写着一首《问刘十九》。刘十九欣然赴约。可以想见,白老翁用寥寥数语说动了友人,不仅在于两人情谊深厚,更在于词真意切,情暖人心,再大的风霜也无法阻挡友人同聚。

尽管屋外大雪将至,寒风呼啸,但屋内咕咕作响的暖炉,伴着新近酿好、未经过滤的美酒,泛出一种温暖的人情味,仿佛连酒香都变得更加醇厚香甜起来。小小的空间里,一壶酒、几个小菜,围着炉火放上垫子,墙壁也被亮堂堂的小火炉映照得温暖如斯。越是粗拙的家酒,越是朴素的家菜,越让人流连忘返。诗人只字不提邀约,也不提情分,只是拉家常似的唠嗑:酒是温的,火是旺的,三砖两瓦垒出的农家小院不够气派,却也足够了,就等着故人到来。来了之后,啥也不用说,啥也不用问,先敬一杯酒。写完信的诗人稳坐屋内,他相信友人肯定与他心意相通,无论多晚都会赴约。

当再次细读这首诗时,我们不禁为诗人的诗情所折服。全诗只有二十字,没有深远寄托,没有华丽辞藻,字里行间却洋溢着热烈欢快的色调和温馨炽热的情谊。《诗境浅说正续编》评价道:"寻常之事,人人意中所有,而笔不能达者,得生花江管写之,便成绝唱,此等诗是也。"其实,诗中的真情才最让人动容。相信刘十九到来后,必定会痛快畅饮,与白老翁推杯换盏、笑逐颜开,不觉身心俱醉,兴意犹然,正是"知己三杯酒,暗香共暖炉。北风谁踏雪,疏影伴君无"。

除夜作 高适

旅馆寒灯独不眠,客心何事转凄然。
故乡今夜思千里,霜鬓明朝又一年。

夜雪 白居易

已讶衾枕冷,复见窗户明。
夜深知雪重,时闻折竹声。

早冬　白居易

十月江南天气好,可怜冬景似春华。
霜轻未杀萋萋草,日暖初干漠漠沙。
老柘叶黄如嫩树,寒樱枝白是狂花。
此时却羡闲人醉,五马无由入酒家。

逢雪宿芙蓉山主人　刘长卿

日暮苍山远,天寒白屋贫。
柴门闻犬吠,风雪夜归人。

第四章

送别

暂就东山赊月色,酣歌一夜送泉明

送韩侍御之广德
李白
昔日绣衣何足荣?今宵贳酒与君倾。
暂就东山赊月色,酣歌一夜送泉明。

"送别"是唐诗的一大主题。盛唐时代社会繁荣,人口流动性大,有志之士或仗剑去国悠游四方,以结交朋友,增长见闻;或为建功立业去边地开疆扩土;或宦游各地,居无定所。若是像今天,交通便利,语音和视频电话可以随时连接彼此,真正做到"天涯若比邻",那么所有的离愁别恨就便于消解了。但在唐朝,车马很慢,书信亦难送达,亲朋好友去往哪里,眷恋与思念就跟随到哪里;自己漂泊到何处,乡愁和旧情就跟随到何处。

那种依依惜别之情,怎么可能只用"再见"两字涵盖下来?所以"送别"在那时非常郑重,甚至有许多"仪式"。友人对坐,温一壶热酒,折一段柳条,象征长久的感情,挽留的厚意——分别的情意就这么流淌出来,造就不少经典名篇。比如王维《山中送别》,"春草明年绿,王孙归不归?",那是春风又渡,花草荡漾时,期待又害怕失望的别样愁情;还有许浑的《谢亭送别》:"日暮酒醒人已远,满天风雨下西楼",离别时大醉一场,酒醒时人去楼空,离别之情竟化作狂风骤雨。

离别是不容易的,要把这种感情写出来更不容易。清代著名诗人袁枚对此深有体会,他说:"凡作诗,写景易,言情难。何也?景从外来,目之所触,留心便得;情从心出,非有一种芬芳悱恻之怀,便不能哀感顽艳。"简单来说,就是触景容易,生情则难。要顶着内心的愁绪,把浓浓情谊,自然地融入光景,做到景意相通,更是难上加难。

那么作为唐朝最会写诗的人,李白如何表达各种离别的情愫呢?二十多岁的李白辞亲远游,在出发时刻写下"仍怜故乡水,万里送行舟",来表达对家乡的依恋;而立之年的李白,在得知自己的偶像孟浩然要去往扬州,于是写下了"孤帆远影碧空尽,唯见长江天际流"来表达不舍;到了知天命年纪,李白游泾县得到县令汪伦的盛情邀约与款待,写下"桃花潭水深千尺,不及汪伦送我情"来表达感激;在宣州谢朓楼送别故人时,写下"长风万里送秋雁,对此可以酣高楼"来表达看淡人事变迁之后的豪情……

有这么一首诗,是李白在他乡遇故交,回忆过往辉煌,将豪情与愁绪糅合在一起写成的,那就是《送韩侍御之广德》。

公元755年,安史之乱爆发。李白在庐山隐居避祸,恰逢唐玄宗的第十六子、北上勤王的永王李璘经过庐山,便想招他为幕僚。李白一看,国家蒙难,永王诚心延请,更重要的是,这次他作为献计献策的幕僚来辅佐贤王，岂不是实现宏图伟志的好机会？

于是他很快就同意，还为永王写下了《永王东巡歌》。其中有"我王楼舰轻秦汉，却似文皇欲渡辽"的句子，把永王比作当年东晋文王，为国家讨贼助战。

可让人没想到的是，永王的目的不是恢复河山，而是与北方的太子李亨划江而治。后来永王失败，李白自然而然就成了"反贼"，曾经的诗作也都变成了"反诗"，最终被发配到夜郎，也就是今天的贵州桐梓。

不过，李白在发配的半途遇赦，由此恢复自由身，依附在江南一个亲戚家中。看着一个强大的帝国，就这么由盛转衰，李白感慨万千。他也不再寄望于实现理想，只是纵情生活，和诗酒作伴。

这时，李白长安的旧交韩歙恰好路过这儿。韩歙原是侍御史，为皇帝监察百官，因为直言进谏而被贬谪到广德做县令。这韩侍御一见到李白便倒起了苦水：自己在朝中侍奉多年，一直秉承原则，却没想天子一句话，自己就被贬谪出京，只能当个小县令。说完更是抱怨连连，哀叹阵阵。

李白看到韩侍御也是倍感亲切，一边温言安慰，一边饮酒叙旧。气氛渐渐热烈起来，他们说起长安的繁华，说起当年的旧友，甚至回忆起华清宫前杨贵妃翩翩的舞姿。时过境迁，觥筹交错，花甲之年的李白一阵恍惚，好像看到自己当年在唐玄宗面前，杯酒成诗的盛景。他使劲摇了摇头，略微沉吟，在半醉半醒间，吟出这首《送韩侍御之广德》。

第四章 送别

这首诗的前两句,对比了"昔日"与"今宵"。昔日的我们金镂绣衣,华服上朝,何等扬眉吐气?那时我们一同在长安做官,那样的生活真是奢侈豪华,令人难忘啊!而今晚呢?不要说什么葡萄美酒了,我们只能用随身的财物换很便宜、很低级的米酒喝上几杯。

尽管如此,李白还是觉得:当年的华服美酒,没什么好荣耀的,反倒不如与韩侍御今宵一醉。这是为什么呢?难道宫廷玉液真的比不上农家米酿吗?恰恰相反。只是因为二人境遇的变化,才让今天的米酒格外有滋味。当年的长安盛世确让二人迷醉,可那盛世之中,也正酝酿着颠覆和衰落。经过这么些年,曾经同朝为官的二人才恍然明白,坐在这里喝酒的两人,虽在不同时期,因不同原因离开政治中心,实际上是殊途同归。

二人的遭遇,也是多少人的命运啊!把世道看明白之后,还能和好朋友聚在一起,心境自然远胜当年,喝什么酒,穿什么衣,反倒没那么重要了。

正因为这样,后两句"暂就东山赊月色,酣歌一夜送泉明"才更显豪放,干脆将"东山月色"也借了过来,月作灯光,山作舞台,二人放声歌唱,欢度一夜。

最后一句中"泉明"则指代陶渊明,用陶渊明弃官的典故安慰友人,让他不要把贬官的事放在心上。不得不感叹,李白的酒、月、歌在这个晚上形成了一支温馨的曲调,与韩歆在情感和心态上达成共鸣。

李白睹物兴情，辞以情发，将客观的景象融入了自己的主观意象。六十岁的诗仙李白，一边安慰友人，一面回忆过去，满眼是自己年轻时的模样：那是一位牵着爱犬寻仙问道的少年，一位帝王调羹，力士脱靴的中年人，一位四处颠沛，险遭牵连的老年人。但这一切都过去了，且让他随友人醉去吧……写完这首诗两年后，李白去世。"谪仙人"终于回归了。

韩侍御却峰回路转，在广德任职几年后，又被召回长安。受韩侍御影响，韩侍御的侄子也非常崇拜李白，写诗称赞李白，将他的文章比作"万古光芒"。这个侄子后来曾当过吏部侍郎，还是著名的文学家、思想家、"唐宋八大家"之首。他的名字叫韩愈。

说到韩愈，李白与杜甫并列于诗坛的说法，跟他有着莫大的关系。李白在世的时候就颇具盛名，不仅得到贺知章的赞许，还被唐玄宗钦点为御用文人，但是杜甫在有生之年甚至去世后很长一段时间里，并没有受到太多的重视。直到中唐时期，现实主义题材逐渐在诗坛流行起来，一度出现了推崇杜甫，把李白逼下神坛的趋势。

其中声音最大的，要数新乐府诗的两位倡导者、当时文坛"当红炸子鸡"——元稹和白居易。元稹在一篇纪念杜甫的墓志铭中盛赞杜甫，同时贬低李白，说他虽然想象力丰富但是不着边际，诗的音律和叙事铺陈上也完全不及杜甫。后来白居易也跟风写了一篇散文《与元九书》，表示李白、杜甫两人都不怎么样，但硬要对比的话，杜甫的诗博古论今，无论是数量还是质量，都比李白要好。

见元、白二人贬低李白，"重量级裁判"韩愈出场了。韩愈年长元、白几岁,是古文运动的倡导者,在当时的文坛颇有盛名,不少人的文风都受到他的影响。他在给学生张籍的长诗《调张籍》中,回应了当时的"李杜之争",开篇就说道"李杜文章在,光焰万丈长,不知群儿愚,那用故谤伤",全篇表达了对李杜诗歌的高度赞扬,首次提出了两人的诗才不分伯仲的观点。此诗一出,元稹和白居易也不敢反驳,李白的名声才算挽回了一些。

直到今天,李杜优劣之争仍然不绝于耳,但是再也没有人,可以轻易否定其中任何一位的成就。

送友人　李白

青山横北郭，白水绕东城。
此地一为别，孤蓬万里征。
浮云游子意，落日故人情。
挥手自兹去，萧萧班马鸣。

黄鹤楼送孟浩然之广陵 　李白

故人西辞黄鹤楼,烟花三月下扬州。
孤帆远影碧空尽,唯见长江天际流。

劳劳亭 　李白

天下伤心处,劳劳送客亭。
春风知别苦,不遣柳条青。

劝君更尽一杯酒，西出阳关无故人

送元二使安西
王维

渭城朝雨浥轻尘，客舍青青柳色新。
劝君更尽一杯酒，西出阳关无故人。

在送别诗中，诗人表达美好祝愿时，也有再见、再会之意：希望在不久的将来，可以和对方重逢，再像今日这般闲话饮酒，共叙友情。比如孟浩然的"待到重阳日，还来就菊花"，就是对农家好友的嘱托：今日相聚十分欢喜，往后逢年过节可别忘了我啊；又比如杜牧的"明镜半边钗一股，此生何处不相逢"，用将来的相聚，冲淡今天的离愁，勉励友人。在聚散之间，人与人的感情愈发热烈亲近。

但很多时候，再见意味着"再也不见"。尤其在那个战乱频仍的年代，"烽火连三月，家书抵万金"，一封简短的书信，要穿越战场，到家人手上何其困难，比万金还要珍贵。在这样的情况下，离别很可能就意味着永别，人们会怎样表达自己的感情呢？王维这首《送元二使安西》就回答了这个问题。面对诀别，他不声不响，将一生的浮沉，都融在了离别的酒中。

第四章 送别

话说王维因为黄狮子案被贬济州,由于工作清闲,干脆过起了隐居生活,一边放歌田园,一边求佛问道,就连诗文都多了几分超然出世的味道,名气反而更大。照此下去,王维的仕途似乎一眼能看到头:领着一个闲职,成为一个著名诗人,在写作与修行间走完一生,留下不少经典作品。可这时突然出现了一个人,又燃起了王维的报国之心,那就是接任张说的新任宰相张九龄。他为国举贤,提拔了不少有才华的后生。隐居十多年,三十六岁的王维马上给他写了一首干谒诗——《献始兴公》:"宁栖野树林,宁饮涧水流。不用食粱肉,崎岖见王侯。鄙哉匹夫节,布褐将白头。任智诚则短,守仁固其优。侧闻大君子,安问党与雠。所不卖公器,动为苍生谋。贱子跪自陈,可为帐下不?感激有公议,曲私非所求。"

这首诗相当于一封求职信,前八句从王维被贬后隐居,漠视权贵说起,表达了自己洁身自好的处世态度;后八句话锋一转,表达仰慕张九龄正直无私的为人,愿为国家效力的急切心情。恰好张九龄听闻王维的大名已久,很欣赏他的才华,便将他召回长安,提拔为右拾遗,接着迁升监察御史。王维随即被派到了河西节度使崔希逸的幕府,在边塞开始了军旅生涯。

此时正值唐朝和吐蕃对峙,吐蕃刚刚攻取唐朝的属国,唐玄宗心中不满,两国纷纷在边境陈兵,厉兵秣马,战事一触即发。常年隐居山林的王维何曾见过这样的阵仗,苍茫戈壁,金甲锐兵,给王维带来极大的冲击,也给了他豪放、开阔的心境,将他的创作思路从山水田园引向了边塞军阵。比如《出塞》中写道:"居延城外猎天骄,白草连天野火烧。暮云空碛时驱马,秋日平原好射雕……"这首诗的景色一反往日的轻松写意,城池、草原、打猎这些充满激情热血的意象,充分表现出当时战场的剑拔弩张。也正是在他做幕僚的时候,节度使崔希逸主动出击,连续两次打败吐蕃,获得巨大胜利。王维虽没有参加前线战斗,却也跟随军队,参加许多后方参谋工作。

相比别人沉浸在胜利的喜悦中,王维似乎有了一些不一样的感触。他意识到,战争不仅有胜利和荣耀,更有血与火的残酷。在边塞从军,等于将生命交予大唐,为国家抛洒热血。这是光荣的,也是危险的,人在边塞,也许哪天一不小心,便会战死于乱军之中,永远消失。正因为感受到了这一点,王维在送好友元二前往边疆的时候,忍不住唱出这首《送元二使安西》。

这首诗的前两句语言朴素简练,但信息量极大,短短十四个字,就写明了送别的时间、地点、天气,并通过环境描写渲染了气氛。我们好像看到:在一个下了些小雨的春天,空气清新的早晨,王维和元二在酒馆隔桌而坐,窗外的柳树才刚刚抽条。好像一幅色调素雅、氛围清新的工笔画,给人以极强的临场感。难怪苏轼评王维:"味摩诘之诗,诗中有画;观摩诘之画,画中有诗。"

大概是王维早将诗与画融会贯通,所以每每创作都能相互兼顾,使二者相辅相成,给人带来强烈的画面感和冲击感。此诗用客舍、小雨、柳树等意象营造出了离别的气氛。不过从整体上看,王维的感情表达依然没有太强烈,没有直接抒发离别的浓浓愁苦,只是简单说了与友人饮酒的情景:好兄弟,喝了这杯酒吧,出了阳关,可就再见不到朋友们了。用劝酒的情景,把王维与元二两人的感情给写活了。

而且王维还用了一个经典手法,那就是转换视角。之前我们提过,"遍插茱萸少一人",其实是王维站在兄弟们的视角看自己,他就是这句诗中的那"一人"。而这句西出阳关无故人也是异曲同工,从元二的角度看自己这个"故人"。这种手法通过对比揭示了两人的深厚感情,更写出了两人的互动,让离别的场景变得更加生动。王维就是这样,不论多么强烈的感情,他永远藏在诗后。其实他清楚地知道,元二此行凶险异常,搞不好就要把命丢在安西,即使回来恐怕也是多年之后。正因为这样,王维要不停地劝酒,因为他知道:今天或许就是两兄弟最后一次见面,最后一次畅饮。

所以宋代的刘辰翁在《王孟诗评》中评价这首诗"更万首绝句,亦无复近,古今第一矣",意即在历史上的万首绝句中,甚至没有一首能接近这首诗的水平。这评论或许夸张,但王维的确将送别写透了,写绝了。他居然能将这种生离死别的情绪,隐藏在劝酒这个细节中,用十分简单的行为实现了情绪的外化,既保留了精致的场景,又避免了过分直白。

我们如果不了解前因后果,很可能会忽略他这种深厚的情感。后来,这首诗还因为画面感极强,朗朗上口,被编成了琴曲《阳关三叠》,一直传唱到现在。可见,王维在创作这首诗时,的确是入情入境,直击内心,将那种细腻的情感写到了极致,这才让后世之人,每次唱起这首曲子,就会体会到千年前,两个好友送别的心境和情绪。

送梓州李使君 王维

万壑树参天,千山响杜鹃。
山中一夜雨,树杪百重泉。
汉女输橦布,巴人讼芋田。
文翁翻教授,不敢倚先贤。

山中送别　王维

山中相送罢,日暮掩柴扉。
春草明年绿,王孙归不归?

送别　王维

下马饮君酒,问君何所之?
君言不得意,归卧南山陲。
但去莫复问,白云无尽时。

莫愁前路无知己,天下谁人不识君

别董大
高适
千里黄云白日曛,北风吹雁雪纷纷。
莫愁前路无知己,天下谁人不识君。

"出名要趁早",这是张爱玲给一本杂志的寄语,为的是告诫人们在年轻的时候要努力奋斗,否则时代变迁,机会可能转瞬即逝。诗人王维就是典型的年少成名,被王公贵胄奉为座上宾,二十出头便考中进士。

与"出名要趁早"相反,我们还有一句谚语是"好饭不怕晚"。这是告诉我们,好的事情不怕来得晚,精彩的往往在后面。高适就是大器晚成的代表人物,他五十岁之前一事无成,后来用了十几年时间从一介布衣到封侯拜将。他写的《别董大》告诉后人:有时候,人生不是拼谁跑得快,而是看谁走得远。

公元747年,安史之乱爆发的前八年。在睢阳一处小酒馆中,坐着一位头发花白的中年人,这是旅居的高适。只见他端着酒杯,唱着酒令,大有一副不醉不归的样子。在他对面,坐着一位须发皆白的老者，手边放着一把古琴，只默默喝酒，却不说话。

这是来自长安的乐师董庭兰，因为是家中长子，人称"董大"。他本该是颐养天年的年岁，现在却一脸悲苦，老态龙钟的样子说八十岁都有人信。仔细一问，原来他曾是给事中房琯的门客，房琯因为同僚结党营私而受到牵连，被贬往宜春，董大也因此失去了寄身之所。他不知道自己这般年纪还能有什么前途，年轻时飘然出尘的艺术家气质已经消磨殆尽，垂垂暮年竟然失去了所有的依靠，盛世的繁荣与自己无关，与自己有关的只剩风烛残年。

高适见董大消沉，也无从劝慰，只是掇上一杯酒，说起了自己的往事。高适的爷爷名叫高侃，曾任安东都护，屡次阻止突厥、高丽等民族的入侵，是坐镇一方的名将。可到了高适这一代，家道逐渐中落。

出身这样的世家，心性总比普通人高些。高适在年轻的时候也像王维一样，跑到长安，想在京城结交王公贵族，让自己的才能被发现从而顺利步入仕途。可结果呢？处处碰壁的高适，很快就带着失望离开了长安。"二十解书剑，西游长安城。举头望君门，屈指取公卿。国风冲融迈三五，朝廷欢乐弥寰宇。白璧皆言赐近臣，布衣不得干明主。"他说自己经史刀剑都有涉猎，能文亦能武；所处的朝代也是声名远播、古今难得一见的盛世。但他不明白，才华横溢的人为什么无法在开明时代得到妥当安排，难道皇帝的恩泽只能惠及身边的臣子吗？我一介布衣想要干谒明主，实在难上加难。

于是他跑到宋州，找了块地，过起了田园生活。

当然，文人的田园生活与普通人不同。比如诸葛亮在《出师表》中说过"臣本布衣，躬耕于南阳"，所谓"躬耕"，实际上是半耕半读，一边维持生活，一边读书，虽然得不到赏识，但也可以继续积累才学。还有罢官回家的陶渊明，也曾在《归去来兮辞》中描述自己的田园生活："僮仆欢迎，稚子候门。携幼入室，有酒盈樽"。在乡间结庐耕种，家中还有些仆人童子伺候，时不时还喝一些小酒怡情，看来知识分子的田间生活，或许有些失意却也算安逸舒适。

但高适和这些诗人有些不同，他丝毫没有感受到安逸舒适，而是觉得十分痛苦、无法解脱，他在旅居时写过《宋中十首》，说道："落日鸿雁度，寒城砧杵愁。昔贤不复有，行矣莫淹留。"他看到夕阳西下、北雁南飞，听到城中人捣衣的声音就像一声声传达哀愁的叹息，他感到时光荏苒、岁月不居，就像手中的沙子一样怎么抓也抓不住。

难道倾其才华，就注定要闲居山野，无所作为吗？不，这不该是高适的结局。躬耕十年之后，他又"出山"了。只是这次，他的目标不再是长安，而是北方的蓟门关。毕竟他还有一身武艺，入不了那群王公大臣的法眼，就到边疆建功。

初入边塞的高适，见识到了大唐的强盛、战士的热血。他意气豪迈地唱道："北上登蓟门，茫茫见沙漠。倚剑对风尘，慨然思卫霍。"茫茫戈壁既荒凉又悲戚，高适拄着长剑，豪气地对着沙海大喊："我要在这辽远的边疆战斗，要像汉朝的卫青和霍去病那样,奋勇沙场,建立不世功勋。"可现实再次事与愿违。高适一人一马,在边关漂了两年,谒见了不少将领,却依然无人赏识、没有机会。

两年的边塞生活给了他豁达的心境以及丰富的创作题材,高适在苍茫浩远的边疆找到了自己的风格。于是他很快地从失望中又恢复了过来,开始到河南、江苏和山东等地漫游。此时,他已经想开了,忘记了长安权贵的冷眼,忘记躬耕十年的苦楚,也忘记了荒凉边塞的无助。他需要的只是一个机会,一个便够。

漫游生活很苦。他一边"渔樵孟诸野"——在山林中打鱼砍柴维持自己的生活;一边继续到名门望族家里拜访,"以求丐取给"——如乞丐一般寻找做官的机会。游到睢阳的时候,高适听说了董大从长安来此避祸,于是相约谈心。

听到高适这多年来的故事,董大神色稍微缓和了些。对比自己,高适的苦闷似乎更加浓重。但高适的眼中却不曾看到一丝疲累,反而充满激情。

于是董大将古琴摆放妥当,弹指一拨,一首边塞胡曲苍茫流出。高适也喝了不少酒,面色通红,每一条皱纹都夹杂着边塞的风霜。他闭上眼睛,好似陷入回忆,和着琴曲吟唱起《别董大》。

前两句"千里黄云白日曛,北风吹雁雪纷纷",写出了两人饮酒送别的场景。所谓"曛",指的是日落时的余光。天光惨淡,晦暗不明,凛冽的北风纵贯千里,席卷大地;鹅毛大雪纷纷扬扬,凌空飞降;一行大雁凄唳着划过长空,孤寂而坚定。这个场景豪迈而悲壮，让人仿佛置身暴风雪中。

此时的高适和董大，明明在河南睢阳，诗中又怎么会出现黄云、北风的景色呢？原因有两个，一是因为董大演奏的曲子是边塞胡音，自带凛冽萧瑟的韵律，高适和曲填诗，自然想到塞外黄沙平地起、飞雪从天降的景象；二来北风之凛冽、落日之余晖，不全然写景，更在于反映人心冷暖，用残酷的情境，表达高适和董大内心的无比沉郁。

诗的后两句"莫愁前路无知己，天下谁人不识君"是劝导友人不要担心前方的路上没有知己，普天之下还有谁不认识您呢？原来前面的苍茫悲凉都是为了此刻的豁然开朗，如柳暗花明后绽放的春光，一扫刚才的郁闷惆怅，带给人天地辽阔、前途光明的愉悦感。如此直白的鼓励和赞美，放在诗中居然毫不生涩，反而有种慷慨激昂，意气风发的感觉。.

明朝的徐增在《说唐诗》中评价高适此句"妙在粗豪"。正因为粗野豪迈，才给人豁达的感觉，完全不像一个中年人的心态。相对于一般诗人以景写情，高适不落窠臼，虚构了一个场景，从更高的意境和层次，鼓励和鞭策友人，同时写出了自己的志向，写出了对未来的憧憬和向往。这种奋发进取、蓬勃向上的精神着实可贵，它冲淡了离别的愁苦，淹没了人生的失意，让听者为之一振。

就在二人分别后不久，高适便得到前宰相张九龄的弟弟、时任睢阳太守张九皋的荐举，授封丘尉。三年后，他辞去官职，以近五十岁的高龄再次回到边塞，担任河西节度使哥舒翰幕府掌书记。

这原本算不上什么正经官职,但是好在高适跟对了上司,找到了一生的贵人。又过了三年,高适在哥舒翰幕府升任左拾遗,随后又成为监察御史,跟随哥舒翰戍守潼关。

这时候发生了一件改天换地的大事——安史之乱爆发了。如果说安史之乱是唐朝许多诗人人生下坡的开始,而高适却在这场动乱中找到了自己的上升通道。

公元756年,安禄山叛军进攻潼关,哥舒翰失守被俘,高适随玄宗皇帝去往成都;同年年底,永王李璘谋乱,高适以淮南节度使的身份领兵出征,讨伐永王。平定永王之后,高适又参与了对安史叛军的镇压,解睢阳之围,立下赫赫战功。

最后,他官拜散骑常侍,封了侯爵,死后又被追封为一品大员;而董大,也辗转回到长安,成为一个闻名全国的乐师。两个人的人生,就如《别董大》这首诗一般,前一半阴云密布,后一半触底反弹,最终天下尽人皆知……

送李少府贬峡中王少府贬长沙　高适

嗟君此别意何如,驻马衔杯问谪居。
巫峡啼猿数行泪,衡阳归雁几封书。
青枫江上秋帆远,白帝城边古木疏。
圣代即今多雨露,暂时分手莫踌躇。

送白少府送兵之陇右　　高适

践更登陇首,远别指临洮。
为问关山事,何如州县劳。
军容随赤羽,树色引青袍。
谁断单于臂,今年太白高。

送李侍御赴安西　　高适

行子对飞蓬,金鞭指铁骢。
功名万里外,心事一杯中。
虏障燕支北,秦城太白东。
离魂莫惆怅,看取宝刀雄!

无为在歧路,儿女共沾巾

送杜少府之任蜀州
王勃

城阙辅三秦,风烟望五津。

与君离别意,同是宦游人。

海内存知己,天涯若比邻。

无为在歧路,儿女共沾巾。

诗人大多有文采,但可称"天才"之人并不多。"初唐四杰"的王勃便是公认的"神童"。历史记载,王勃六岁便开始著诗,而且写得很好。估计有的人记得王安石的名篇《伤仲永》,文章的主角是一位名叫仲永的天才,五岁便能写诗。这王勃比起仲永,也不遑多让。两人不同的是,仲永没有坚持学习,浪费了天赋,最后"泯然众人",变得和普通人差不多;但王勃却始终好学,九岁开始解读颜师古的《〈汉书〉注》,挑出了整整十卷中的错误,相当于出了一本书去纠正别人的错谬。

《汉书》大家都知道,那么"注"是什么意思呢?其实就是给书做解释。毕竟《汉书》写于东汉,与王勃所在的初唐隔了五百余

第四章 送别

年,世事变迁,《汉书》对唐朝人来说,也是一本难读的历史书,这才有了"注解"一说。确切地说,注解和原典,就像我们常说的教材和教辅——教材看不懂,人们就会用教辅帮助学习。而能够写注的人,往往是那些有一定治学修养的人。比如宋朝的儒学家朱熹,为儒家的经典"四书"作注,写了一套《四书章句集注》,由于解读得太好,非常清晰易懂,直接被皇帝定为科举考试的"指定教材",以至元、明、清三代的知识分子争相研读,反而没多少人去看"四书"原典了。

再说王勃,他九岁便纠正别人的注解,这正说明他天赋异禀、智慧过人。当同龄人还没走上人生的起跑线,而王勃已经把他们远远甩在了身后。十六岁,王勃科举及第,正式成为一名国家公务员。不过,虽然王勃是少年天才,但他是幽素科试及第。

科举制度是隋唐时期才有的人才选拔方式,早期的科目特别多,有秀才、明经、进士等等,包括幽素在内差不多有五十多种,考试内容也非常复杂。在实践过程中,许多科目不被重视,慢慢成了冷门,幽素科就是诸多冷门考试中的一种,相当于现在高考中的推荐保送,针对出现的堪称"神童""天才"的人才,不定期开设一个内部考试,然后将之招收进朝廷——王勃就是在这种考试中"及第"的,而且保举他参加幽素科的人还是当朝宰相——刘祥道。

原来王勃在十四岁的时候,曾经上书刘祥道,讲述政治主张。刘祥道对王勃的策论文章非常欣赏,直呼他为"神童"。王勃十五岁的时候还写过一篇《乾元殿颂》，用来歌颂唐高宗建造的乾元殿，辞章十分华彩，其中写道"黄精吐瑞，潜龙苞象帝之基；紫气徵祥，鸣凤呈真王之表"，还把李世民和李治父子两代人都狠狠夸了一番，高宗看完之后也不禁感叹"奇才"！天才之名从此流传开来，朝中无人不知。

及第两年之后，唐高宗李治和武则天的次子、沛王李贤拜他为侍读。后来李弘意外猝死，李贤继任太子，高宗和武则天也特别宝贝这个小儿子。王勃也从一个普通的侍读，一跃成为未来天子的伴读。这时的王勃，何等意气风发，何等未来可期，自然也就肆意狂放起来。毕竟细数历史，也没几个人有王勃这样的际遇——宰相保举，天子夸赞，年方十八，太子为徒。

这首《送杜少府之任蜀州》，便写于这个春风得意的时期。那是大唐帝国的都城长安，一对友人踱步出城，惹得行人纷纷注目。两人丝毫不在意旁人目光，其中一个青年笑着拍拍身旁好友的肩膀，请他多多保重。可此去山高路远，远行之人想到接踵而至的离愁别恨，不由得哽咽起来。送别之人见状有些不忍，低下头沉吟片刻，再抬头时一首送别的佳作便脱口而出。

第一联"城阙辅三秦，风烟望五津"，交代了送别的地点。"城阙"指的是城楼，"三秦"则是指长安地区，说明王勃正在送友人出长安城。"五津"代指四川，是当时蜀州岷江上的五个渡口，从风烟中遥望四川，指出了友人所去之地。这说明当时王勃的心里还是有一些离别愁绪的，只是这种感情，与常规的喝一杯酒、折一根柳条不同。它的不同体现在哪儿呢？就在于景物的格局。

比如李白《送韩侍御之广德》中的"暂就东山赊月色"，又或者王维《送元二使安西》中的"渭城朝雨浥轻尘"，一个是山头月色，一个是小城朝雨，和王勃的"三秦""五津"比起来，的确稍显小气；而王勃写景的格局，衬托了他此刻的心境心情。

第二联，"与君离别意，同是宦游人"。面对离别，王勃也不说伤感，而是说道：与你离别有许多感想，因为我们都是做官漂泊的人啊！这里，其实用了一个很高级的情商技巧，在心理学上叫作"共情"。他没有直说自己心里的感情，而是告诉对方，我和你的感受是一样的。如果你有过类似的经历，就会知道这种感觉。有时候，一万句安慰的话，比不上一句"同病相怜"。而这第二联，就营造出那种好友之间心绪相连的感觉，给人带来极大的宽慰。

如果你是那位姓杜的青年，又理解王勃诗中的含义，内心产生共鸣，此刻应该已经感觉好很多了。这首诗的送别之情，已经写得比较完满，到此，按一般情况就差不多该说再见了。但他是天才王勃啊！如果只是用一些不同的手法描写感情，还达不到他想追求的文学水准。

因此，我们看到了第三联"海内存知己，天涯若比邻"。只要有你这个好友在世界上，我们即便相隔天涯，都好像相伴左右啊！古时候毕竟不像现在交通发达，很多好友一别之后就再难相见。因此王勃干脆不说再见，而是表达了一层更高的意思：只要我们两个"宦游人"的心连在一起，不管在哪里，都像在身边一样。这样一来,两人的友情在诗中就得到升华了,从形体上升到精神,一下子就引起了无数离别友人的共鸣,具有了永恒的价值。

紧接着,到了最后一联"无为在歧路,儿女共沾巾"。就不要在分别的路口,像小女儿一样掉眼泪了吧!这一句相当于对全诗的总结。因为王勃所表现的志趣,是精神层面的更大格局的豪情壮志,因此,那种偏向情感、情绪化的表达,比如哭泣、喝酒啊,都不是他的格调。这其实反映了他内心一些真实想法:离别其实没什么大不了的,不论三秦,还是五津,我们这些当官的人,只要志趣相投,心始终是在一起的,不要搞那些儿女情长,要干脆一些,奔向自己的前程。

这种心态,在送别诗中是非常罕见的。因此,明代陆时雍在《唐诗镜》中点评道:"此是高调,读之不觉其高,以气厚故。"什么意思呢?就是说,这首诗其实是在唱高调,但是又不让人觉得硌硬,因为诗文里显出了王勃浑厚的气魄。有魄力之人来唱这曲高调,反倒让人觉得自然,因为他眼中的人生,就是一路高歌、昂扬向上的。

但是话说回来,才高的人,往往又十分自傲,不拘小节。在写完《送杜少府之任蜀州》后不到两年,王勃便因为一篇文章,不小心触了唐高宗的红线,被逐出长安,开始流浪生涯。著名的《滕王阁序》,便写于这段时光。

关于这篇骈文,还有一个"一字千金"的故事。说的是,当年南昌都督阎伯屿重建滕王阁,在庆功宴上,王勃一气呵成写下了著

第四章 送别

名的《滕王阁序》，紧接着又写了一首《滕王阁诗》，在把诗呈给阎伯舆之后，王勃便起身告辞了。阎大人朗读王勃的诗："滕王高阁临江渚，佩玉鸣鸾罢歌舞。画栋朝飞南浦云，珠帘暮卷西山雨。闲云潭影日悠悠，物换星移几度秋。……"越看越喜欢，正想着读完全诗之后发表溢美之词，没想到却在最后一句停了下来，"阁中帝子今何在？槛外长江……自流"，原来最后一句少了一个字。

旁观的文人学士们你一言我一语，发表各自的高见，有的说可以填一个"水"字"槛外长江水自流"；那个说，应该是"独"字，"槛外长江独自流"。阎大人听了，都觉得不满意，于是命人快马追赶王勃，请他把落了的字补上来。待来人追到王勃后，他的随从说道："我家公子有言，一字值千金，望阎大人海涵。"来人返回，将此话转告了阎伯舆，阎大人心里暗想："这分明是在敲诈本官，可气！"又一转念："怎么说也不能让一个字空着，不如遂他的愿，这样本官也落个礼贤下士的好名声。"于是便命人备好纹银千两，亲自率众文人学士，赶到王勃住处。

王勃接过银子故作惊讶："何劳大人下问，晚生岂敢空字？"大家听了一头雾水，便问道："那所空之处该当何解？"王勃笑道："空者，空也。阁中帝子今何在？槛外长江空自流。"大家听后一致称妙，阎大人也意味深长地说："一字千金，不愧为当今奇才……"

这个故事也许并不真实，但王勃的才华和气度由此可见一斑。

江亭夜月送别二首·其一　王勃

江送巴南水,山横塞北云。
津亭秋月夜,谁见泣离群?

江亭夜月送别二首·其二　王勃

乱烟笼碧砌,飞月向南端。
寂寞离亭掩,江山此夜寒。

秋江送别二首·其一 王勃

早是他乡值早秋,江亭明月带江流。
已觉逝川伤别念,复看津树隐离舟。

秋江送别二首·其二 王勃

归舟归骑俨成行,江南江北互相望。
谁谓波澜才一水,已觉山川是两乡。

洛阳亲友如相问,一片冰心在玉壶

芙蓉楼送辛渐
王昌龄

寒雨连江夜入吴,平明送客楚山孤。

洛阳亲友如相问,一片冰心在玉壶。

公元757年正月,虽已开春,但天气依然寒冷。大唐王朝也正处在最"冰冷难挨"的时刻,安史之乱像南下的寒潮一般,将繁华恢宏的大唐王朝,从花团锦簇的"夏天"直接拉进了萧条肃杀的"寒冬"。

此时唐王朝东部的重镇——睢阳城,也就是今天的河南商丘,正处在安史叛军的围困之中。

这支叛军的首领,是安禄山的儿子安庆绪手下的大将尹子奇。他领兵十三万,将只有六千八百名守军的睢阳城围了个水泄不通,连一只鸟都飞不进去。

凭借压倒性的优势,志在必得的叛军给守城的大唐官兵下了最后通牒:希望守将张巡开城投降,减少不必要的伤亡。如果张巡照做,则荣华富贵享用不尽;如果张巡执迷不悟,待到睢阳城破之后,城内鸡犬不留。

但是张巡拒绝了,他不仅没有投降,还带着这六千八百名守军,在弹尽粮绝的条件下死守睢阳城近十个月,茶叶、纸张、树皮……只要是能咽得下去的东西,都成了士兵们的食物。睢阳保卫战,成了安史之乱中最惨烈的一战。

作为江淮地区的门户,睢阳保卫战的成败,可以说决定着大唐王朝的命运。

但周边的大唐守军面对睢阳城的艰难处境,居然都摆出了一副"事不关己高高挂起"的姿态。哪怕张巡三番五次地派人突围求援,旁边的其他唐军依然无动于衷。

当时兼任河南节度使的宰相张镐,深知睢阳城的重要,于是,他曾多次下令,叫亳州刺史闾丘晓务必要出兵救援睢阳。但这个闾丘晓却是一个贪生怕死之辈,为了不让战火烧到自己的地盘上,他居然按兵不动,将张镐的命令当成了耳旁风。

无奈,张镐只得亲自率军南下,驰援睢阳。不幸的是,在他赶到之前,睢阳城被攻破了。

得知这一消息后,怒不可遏的张镐,南下后的第一件事就是以违抗军令罪,将闾丘晓斩首。

行刑前,闾丘晓涕泪齐流,向张镐求饶说:"我家中还有老母要赡养,还望大人可以放我一条生路。"

但张镐连眼皮都不抬一下,只是淡淡反问道:"那王昌龄的老母妻儿呢?"

原来就在不久之前，这个闾丘晓，曾在大诗人王昌龄途经亳州时，下令将其杀害。

闾丘晓杀死王昌龄的原因，在历史上并没有任何的记载，已经成了一个未解之谜，也为王昌龄的一生画上了一个并不圆满的句号，但这并不会让王昌龄就此淹没在历史当中。他的才华与诗句，依然在文学史上熠熠生辉。

王昌龄虽然出身贫苦，但他从小就立志报国。后来，王昌龄弃文从武，虽未建功立业，诗名却越来越大；可等到王昌龄好不容易当了官之后，又因为莫名其妙的原因屡遭贬谪，四处漂泊。

即使这样，王昌龄依然没有放下心中最初的志向，这首《芙蓉楼送辛渐》，正是王昌龄在逆境中的呐喊。

在很多人的印象中，诗人大多出自书香门第，世代为官，家庭条件大多不错，要是连吃都吃不饱，谁还会想起写诗呢？

王昌龄却不同，他出身于平凡之家，和王维不一样。两人虽然都出自山西，但王维的这个"王"是太原王氏，太原王氏自打秦朝开始，就一直都是河东地区的名门望族。

王昌龄则出身于一个普通的农民家庭，从小就放牛种地，长大了也没想过考取功名，只是半耕半读，过着舒适安逸的田园生活。

后来有很多人都说，当时的王昌龄是在"隐居"，其实并不准确，因为当时的王昌龄就不曾"显"过。

只有像王维那样，十几岁便名动长安，二十几岁就考取功名，后来又找了个环境清幽的地方修身养性的"成功人士"，才有资格

第四章 送别

说自己是隐居。

而王昌龄却不一样,他虽有读书人的生活方式,但一开始,他根本没想过要追求功名。这一点,可以从他的作品《题灞池二首》看出来。

> 腰镰欲何之,东园刈秋韭。
> 世事不复论,悲歌和樵叟。
> ············

我腰上别着镰刀去干吗呢?到东园去割韭菜吧。这世道就不用谈啦,都是悲伤的故事和琐碎的农事。这首诗意象简单,意思也很清晰。

一方面,王昌龄写出了自己的田园农家生活:割韭菜、砍柴,都是些鸡毛蒜皮的事。因此,他用"悲歌"形容自己的生活,这种生活的底色是清贫、劳苦的。

另一方面,他又安于这种生活,不想理会世事,过自己的田园生活即可。联系到当时正是唐玄宗统治早期,正处在开元盛世,老百姓们生活富足、安居乐业。

王昌龄作为一个农人兼文人,生活得也比较滋润,所以他还是很"佛系"的。山河稳固,百姓富足,我独清贫,亦自逍遥。这反映了当时很多读书人的心态。有一段时间,他甚至跑到嵩山去求仙修道,好不自在。

可就在这时,朝廷开始进行一项影响深远的改革,彻底改变了王昌龄的生活轨迹,那就是:兵制改革。

其实唐朝和汉朝一样,从成立之初就一直受外敌的困扰,西面是吐蕃,北面是突厥,东北面有契丹,西北面还有西域诸国。只是由于唐朝当时的国力强盛,四方诸夷不敢轻举妄动。

但到了开元年间,唐朝对周边地区的影响力开始有所减弱,边防的压力骤然增加。唐玄宗为了缓解压力,将原来的府兵制,逐渐改成了募兵制。

所谓府兵,就是军队隶属于某个地方,平时主要从事生产劳动,等爆发战争,再展开训练,武装起来应战。而募兵,则是由将领直接招募专门从事军事活动的军士。

从这里就能看出来,府兵平时虽然不训练,但从事生产,对财政的压力较小。而募兵虽然战斗力强,但财政负担更大。

更重要的一点是,府兵制时,军队隶属于各个地方政府,而募兵制,则让军队在很大程度上归于将领统率,这就给了将领们拥兵自重、割据一方的机会。

因此,唐朝后期有很多叛乱,都是由这些掌握军权的将领发动的,比如发动安史之乱的安禄山、史思明。

但话说回来,这个政策,对普通人最大的影响就是,给了他们当兵的机会。许多心怀志向的年轻人,都不远万里赶赴边塞,前去投靠前线的将领们,以谋求建功立业的机会。

正是在这一背景下,才形成了后来的"边塞文化",涌现了一大批优秀的边塞诗。

而王昌龄，也是在这一背景下投笔从戎、前往边关的。只是他的目的最后并没有达到。

从时间上来看，他在穿过河西走廊，到达西北边塞后，漂泊了至少有三四年，却没有做出什么像样的功绩。

会出现这样的结果，其实也不难理解，想在边塞的军队中建功立业，只靠满腔热血肯定是不够的。首先，你得要有一些武艺，不说十八般兵器样样精通，但至少要弓马娴熟；其次，你要赶上好的机遇，才能获得出征打仗的机会；最后，还得有好运气，能从战场上的尸山血海中爬出来。

可作为一个读书人的王昌龄，连最基础的条件——好武艺都没有，所以自然没有获得建功立业的机会。

有趣的是，王昌龄虽然功业未成，却无心插柳，写出了许多不错的作品，令他诗名大噪。这些作品不仅视野宏阔，气象万千，还经常带有深刻的道理。

比如《出塞》："秦时明月汉时关，万里长征人未还。但使龙城飞将在，不教胡马度阴山。"可以看出，王昌龄内心是正直的，他矢志报国，是希望为国家做贡献、为百姓造福的，而不只是为求取功名利禄。

他对自己看到的一切事物，都坚持自己的判断标准。恰好是这种正直，在很大程度上决定了他的人生际遇。王昌龄在离开边关后，就去到长安，很快便考上了进士，但又很快被贬谪出京。

而他被贬的原因也很令人疑惑,居然是"不护细行"。也就是说:没犯什么大错,但是因为不拘细节,不善言辞被贬官。

这显然与他多年躬耕和戍边的生活习惯有关。我们可以想象,一个出身农家的读书人,怎么会懂得权贵集聚的长安的繁文缛节和潜规则呢?

问题是,有几个官员会因为"不护细行",就被轻易贬谪出京呢?实际上,在这个表面的理由背后,还有一个深层的理由:与他交好的一代贤相张九龄,被奸臣李林甫构陷,所以王昌龄也受到牵连,作为"张九龄一党"而被驱逐出京。

而王昌龄的另一位同姓后辈,同为张九龄好友的王维,际遇却和他完全不同。因为王维不仅和张九龄关系不错,和李林甫的关系也不错,两人不但互赠诗文,还切磋绘画,所以李林甫并没有为难王维。

难道是因为王昌龄情商低,交不到朋友吗?并不是,王昌龄情商非但不低,"朋友圈"还异常广阔:李白、高适、孟浩然都是他的好友,都曾有诗文唱和。只是他对这个世界有自己的判断,对就是对,错就是错。也正因为这样,王昌龄在屡遭贬谪的情况下,依然坚持自己。

当好友辛渐专程跑到江宁,也就是今天的南京,过来安慰他、看望他时,王昌龄仍不忘在友人离别的船头,用一首《芙蓉楼送辛渐》表明自己的心意。

第一句"寒雨连江夜入吴"交代了时间和地点,以及当时的场景：冷雨、江面。在古代，"吴"就指江苏、江西以及安徽的一部分，起源于春秋时期的吴国。虽然场面凄清，但视野却非常广阔。

那么王昌龄和好友辛渐是要做什么呢？这就要看第二句，"平明送客楚山孤"。原来是来看望他的辛渐要走了，王昌龄作为主人，在天蒙蒙亮的时候，要送他离开。有趣的是，王昌龄作为送别的人，却不说送别，而是把重点落在了送别的景物上。客人走了，连楚山都显得孤独了。

我们可以推知，并非楚山孤独，而是送别的人孤独。王昌龄送走了好友，自己觉得孤单。

按理说，主人送客，临别作诗，本应该以客人为主，但王昌龄却反其道而行之，回到了自身感受，这是为什么呢？难道是他不懂送别诗的套路，犯下了低级错误吗？答案就在后两句：洛阳的亲友如果问起我，就告诉他们，我的心就像冰心一般，在玉壶中保持纯洁，一尘不染。

那么，为什么是洛阳亲友呢？我们前面说过，王昌龄明明是从京城长安被多次贬谪，又和洛阳有什么关系呢？

其实，洛阳在唐朝一直都是陪都。长安虽是首都，但皇帝很多时候，是待在洛阳的，作为百官之一的王昌龄，在洛阳生活的时间反而更长。因此，他熟悉的地方，是东都洛阳，而不是长安。

所谓冰心玉壶，是古人对一个人个性高洁的比喻。王昌龄这么说，就是告诉好朋友们：我的内心，还是和当初一样，保持着自己的初心和标准。

从这里,其实就能看出王昌龄内心的矛盾:送别的场景是开阔的,他也并不小气,但远道而来的朋友,还是让他想起了这些年的委屈,就像一根刺一样,戳在心中,难以拔出。

他也许本来想作一首与友人共勉的诗,但最终鬼使神差,还是把自己多年的愤懑发泄出来:难道一腔正气,玉壶冰心也有错吗?为官者,就一定要媚上瞒下、两面三刀才能求得生存吗?好在后人并没有因为"文不对题"而责难他,反而觉得这首诗感情深挚,拳拳之心溢于言表。

明代的邹弢,在《唐诗选脉会通评林》中评价:王昌龄看似写景,其实都在写情。前两句是离别之情,后两句是一片真心,祈友人理解。

近代的俞陛云在《诗境浅说续编》中评价:王昌龄是恬退之人,借送友以自写胸臆,以清新纯洁之景,描绘自己至诚清净之心。

从这里就可以看出,人的情感和心意是相通的,后世的读书人,都盛赞王昌龄的文笔,他个人的风骨修养和诗文能力,都为世人称道。只可惜,自那以后,王昌龄仍不断被贬谪,最后到了龙标,即今天的湖南怀化一带。

公元755年,安史之乱爆发,大唐岌岌可危,已是老年的王昌龄毅然离开龙标,飞奔北上,一腔热血再图报国。可就像我们开始说的那样,在北上途中,王昌龄遇上了闾丘晓,生命戛然而止。

这一刻,他再有天大的不甘、天大的叹惋,都尘归尘,土归土。世间再无玉壶冰心。

送柴侍御 王昌龄

沅水通波接武冈,送君不觉有离伤。
青山一道同云雨,明月何曾是两乡。

送郭司仓 王昌龄

映门淮水绿,留骑主人心。
明月随良掾,春潮夜夜深。

送别 王昌龄

春江愁送君,蕙草生氤氲。
醉后不能语,乡山雨纷纷。

第五章

闺情

王昌龄写尽闺怨,触景怀人是愁绪

闺怨

王昌龄

闺中少妇不知愁,

春日凝妆上翠楼。

忽见陌头杨柳色,

悔教夫婿觅封侯。

古时候的女子,生活范围和生活内容比较有限。即便是贵族女子,她们的情感世界和精神世界也被局限在闺阁之中。

唐代前期,国力强盛。男子们普遍都有着建功立业的志愿,他们从军远征,来到边塞,希望立下军功,实现个人理想。于是,他们走向通往功名的道路,来到一个广阔的天地。而女子依然只能留守家中,在闺阁那一方狭小的世界里。她们的精神世界极其空虚,情感生活也极为苍白。

唐代诗人王昌龄笔下的《闺怨》,正是讲述了一位富裕人家的少妇,在丈夫前往塞外后的日常生活和心理变化。

一位闺中少妇,从来未曾有过离别之愁。在这样一个阳光明媚的春日，她精心打扮一番，登上华丽的高楼，欣赏春日景物。忽然，她看到路边的杨柳春色，心头泛起了惆怅之情。她后悔的是，当初不该让丈夫从军边塞，求取功名。

"觅封侯"是盛唐时期的一种时代风尚。无数有志男儿之所以舍弃家庭去寻觅"封侯"之路，根本原因在于，在盛唐那个意气昂扬的时代，人人都想通过个人努力，实现人生价值，而边塞从军是一条重要的路径。尤其是在唐玄宗改府兵制为募兵制后，更有大量文人投笔从戎，寻求边功。本诗作者王昌龄就是一个典型。

出生在山西太原的王昌龄，早年家境贫寒，后来进士及第，得了个秘书省校书郎的官职，在开元二十二年，他又以博学宏词登科，改写了自己的命运。

但王昌龄的仕途十分不顺，他因为不注重生活小节，又屡屡得罪别人，被贬至岭南。他四十二岁的时候，遇到大赦，这才从岭南返还。五十一岁的时候，担任江宁丞八年的王昌龄被贬为"龙标尉"。

然而，王昌龄连这样一个小小职位也没有保住，更令他想不到的是，自己竟会遭到亳州刺史间丘晓的嫉恨最终被杀。

仕途上的搓磨，并没有让王昌龄沉沦，他仍以昂扬的激情投入到诗歌创作中。在王昌龄曲折的人生中，曾有过一段投笔从戎、西出长安的经历。来到塞外的王昌龄，目之所及皆是与长安截然不同的风光景象。又因为他近距离地接触了边塞将士的生活，对边关生活进行了细致考察，因而写了诸多意境开阔、感情深沉的佳作。

但很显然,《闺怨》这首诗与王昌龄的那些边塞诗作,无论在风格、思想等方面,都极为不同。

《闺怨》一诗中的主要人物是一位家境优渥的美丽少妇。从前,她没有经历过什么生活波折,也不知道哀愁的滋味。只是看到很多人都前往边塞建立军功,她和夫婿终究没有抵挡得住这股时代潮流,一个远走边塞,一个留守家中。

自从夫婿随军远征,少妇便只能独自品尝生活的辛酸。曾经,她不懂得什么是忧愁,但当她悉心装扮之后,独自登上华丽的高楼,眺望远方春景时,这位正当青春的闺阁少妇才开始真正地感受到什么是愁、什么是怨。于是她心中翻涌起悔恨,可如今却是悔之晚矣。

从最初的"不知愁",到现如今的心生无限悔恨,闺阁少妇的心理变化清晰地呈现在读者眼前。那么,这位少妇究竟怨的是什么呢?难道仅仅怨恨夫婿远在边关,家中无人问候冷暖吗?还是怨恨长久见不到夫婿,青春年少的自己要独自吞咽这相思之苦呢?

实际上,这位少妇的愁怨还有极为深层的一面。以往,她对生活充满着乐观展望,以为夫婿去到边塞创建军功,以后便能顺利封侯,一家人的生活也会提升到一个新水平。然而几年过去,丈夫从未回来过,曾经希冀的美好生活对她而言是那样的遥不可及。

以前,"不知愁"是因为对未来怀有期待;如今,满心幽怨悔恨则是因为看不到未来。夫婿什么时候能回来?是否能如期建立功业?一家人能否团圆?这一切都是未知数。

第五章 闺情

在春光明媚的时节，精心装扮的美丽少妇本应该满怀喜悦地欣赏春色。可是，那些再寻常不过的杨柳却触及了她心底最柔软的地方。

在古代，杨柳是人们别离时的相赠之物。在这个柳丝如烟的春日里，风中摇摆的杨柳枝，勾起了闺阁少妇对远方丈夫的无限思念。看着那些杨柳，她一定会联想到很多，也许她想到的是平日里的夫妻恩爱，以及与夫婿惜别时的脉脉情深。又或者，她想到自己的青春华年在孤寂中一年年地消逝，可丈夫却迟迟未归。

诗的妙处，在于留白，在于给读者充分的想象空间。我们不难想到，少妇在看到杨柳的那一刻，脑海中纷飞的思绪。就在这放飞思绪的片刻，少妇心中沉积许久的怨恨、离愁，一下子喷涌出来，一发不可收拾，"悔教夫婿觅封侯"也就成为自然而然流淌出的心声。

《闺怨》这首诗之所以流传至今、广为传颂，不仅是因为王昌龄在此诗中准确地表达出闺中少妇微妙的心理变化，更是因为以此事例，反映出那个时代无数普通人的哀怨与无奈。

正如俞陛云在《诗境浅说续编》中所评：凡闺侣伤春，诗家所习咏，此诗不作直写，而于第三句以"忽见"二字陡转一笔，全首皆生动有致，绝句中每有此格。

身为盛唐时期颇有盛誉的诗人，王昌龄的诗以送别、边塞和闺怨这三类题材居多。《全唐诗》认为王昌龄的诗"绪密而思清"，他的七言绝句尤为出彩，因此被世人冠以"七绝圣手"的名号。

朝来曲 王昌龄

日昃鸣珂动,花连绣户春。
盘龙玉台镜,唯待画眉人。

长信怨·其一　　王昌龄

金井梧桐秋叶黄,珠帘不卷夜来霜。
金炉玉枕无颜色,卧听南宫清漏长。

长信怨·其三　　王昌龄

奉帚平明金殿开,暂将团扇共徘徊。
玉颜不及寒鸦色,犹带昭阳日影来。

一生情感多波折,提笔作诗慰寂寥

长干行·其一

李白

妾发初覆额,折花门前剧。
郎骑竹马来,绕床弄青梅。
同居长干里,两小无嫌猜,
十四为君妇,羞颜未尝开。
低头向暗壁,千唤不一回。
十五始展眉,愿同尘与灰。
常存抱柱信,岂上望夫台。
十六君远行,瞿塘滟滪堆。
五月不可触,猿声天上哀。
门前迟行迹,一一生绿苔。
苔深不能扫,落叶秋风早。
八月蝴蝶来,双飞西园草。
感此伤妾心,坐愁红颜老。
早晚下三巴,预将书报家。
相迎不道远,直至长风沙。

第五章 闻情

长干,是一个地名,位于今天的江苏南京。

长干行,也作长干曲,本是乐府民歌旧题。李白的《长干行》有两首,这首是其中之一。

如果我们对李白的诗歌有一定了解的话,那么首先想到的可能是那些想象奇绝、气势恢宏的大手笔,比如"飞流直下三千尺,疑是银河落九天"。

从风格上看,《长干行》与李白的其他诗作有着很大不同。这首反映出的是当时普通女性的情感生活,通过这首诗,我们也能窥见李白的情感经历,以及那时候人们的情感处境。

这首诗以一位居住在长干里的女子的口吻,讲述了她的情感生活,倾诉了对远方夫君的深切思念。

在我头发刚刚盖过额头时,便与你一起在门前玩那折花游戏。你骑着竹马跑来,我们绕着井栏玩耍,互相抛掷青梅取乐。

你我同在长干里居住,从小就熟悉,彼此没有猜忌。十四岁那年,我嫁给你,成为你的妻子。由于内心害羞,所以没有露出笑脸,只是低着头面对墙壁的暗处,任凭你一再地呼唤,我也不敢回头。

十五岁的时候,我才稍稍舒展眉头,想永远和你在一起,共度余生。抱着这样至死不渝的信念,却怎么也不曾想到,有一天会走上望夫台。

十六岁的时候,我望着你离家远行,而你要去的地方远在瞿塘峡滟滪堆。每到五月,滟滪堆便会涨潮,两岸猿猴的啼叫声传到天上,这声音是如此哀伤。

门前是你离家时徘徊过的足迹,那足迹上渐渐长满了青苔。青苔真厚啊,很难清扫,看到树叶飘落,才知秋天早早来到。

八月时节,黄色蝴蝶翩翩飞舞,成双成对地飞到西园草地上。看到这样的情景,我十分哀伤,愁容满面,容颜衰老。无论什么时候,只要你准备从三巴返回到家,请记得事先把书信捎给我。为了迎接你,我不怕道路遥远,哪怕走到长风沙也不怕。

如果说,这首诗什么地方最戳人心,那便是诗中流露出的真挚、深沉的情感。或者说,这首诗歌传递出的淡淡忧愁,与李白本人的情感经历密不可分。

李白喜欢饮酒作诗、广交友朋,性格豁达开朗。但是,他本人的情感经历并不幸福。

李白的第一段婚姻还算平顺,夫人许氏贤惠大方,并且还为李白生育了一儿一女。李白在外游历时,经常收到许氏的书信,催促他早日回家,并表达了自己对李白的思念。

然而,这段婚姻生活大概只维持了十年左右。许氏因病去世,而此时的李白近不惑之年。

发妻病逝后,李白通过族人的介绍,结识了一位刘姓女子。这位刘姓女子既看不懂李白写的那些诗歌,也猜不透李白当时的心思,反而认为李白整天饮酒作诗、在外郊游是"不务正业"。

可能这位刘姓女子比较务实，觉得作诗不如做官好，况且，李白也不知道照顾家庭，就像甩手掌柜一样。日子久了，两人之间仅存的那份客气也没有了。

刘氏的冷嘲热讽以及李白的恃才傲物，给这段感情画上了句号。

与这样一个不懂自己的人一起生活，李白很是憋屈。据说那句"会稽愚妇轻买臣"，便是李白满腹的牢骚和无奈的表达，也讥讽了刘氏的小肚鸡肠、鼠目寸光。

在仕途方面，李白并不如意。在情感方面，李白更是经历了种种波折。

虽然之前两次情感生活极为平淡，甚至还有些心塞，但是李白并没有因此而放弃对爱情的渴望。

原本还对功名存有希望的李白，最终因为仕途不得志而辞别了长安。但可喜的是，就在人生低潮处，李白遇到了自己真心喜欢的女孩。

这个女孩子相貌美丽，通晓诗文，并且极为仰慕李白的诗才，与李白心灵投契。于是，两个人甜蜜相恋，之后还生养了一个儿子。为了表达自己的爱意，李白将自己的情感写在诗中。

不过，这还不是他甜蜜生活的顶峰。

步入知天命之年的李白，与宗氏结为连理。他们不仅有共同语言，而且李白在经历过之前的情感生活后，愈发珍惜这段婚姻，哪怕他常年在外面游历,寻找出人头地的机遇,也不忘写信给家中的妻子报平安。

如果安史之乱不曾爆发,或许他们这种平淡却温馨的生活会一直延续下去。

安史之乱中,由于李白误入李璘的幕府,在李璘兵败被杀之后,李白也被送入大牢。

当时身在豫章的宗氏,为了营救丈夫,四处求人疏通关系。对此,李白深为感动,并且还作了一首题为《在浔阳非所寄内》的诗。

在诗中,李白写了这样四句:"闻难知恸哭,行啼入府中。多君同蔡琰,流泪请曹公。"他将妻子宗氏比作为了救出丈夫而奔走的蔡文姬。

李白虽然获救出狱,但却要被流放到夜郎。妻子宗氏自然不舍得。她和弟弟将李白一直送到浔阳江畔,才停下脚步。感情深厚的两人,就这样分别了。

李白这一生的感情经历比较复杂,他创作的那些反映感情生活的诗篇,却充满着深挚的情感力量。

就像这首《长干行》,李白不只是讲述一个故事,更是在抒发一种情怀。在这首诗中,李白对诗中妇女的各个生活阶段,进行了生动的描绘。通过这白描式的叙事手法,我们看到的是孩童嬉戏、两小无猜的美好、小新娘的娇羞和闺阁妇女的相思。

第五章 闻情

　　诗中鲜明深刻的内心情感，给我们带来的是久久的感动。当我们品读李白的诗歌，再结合他个人的情感生活来看时便不难发现，他是在书写别人的故事，也是在咏叹自己的人生。

长相思·其一　李白

长相思,在长安。
络纬秋啼金井阑,微霜凄凄簟色寒。
孤灯不明思欲绝,卷帷望月空长叹。
美人如花隔云端。
上有青冥之长天,下有渌水之波澜。
天长路远魂飞苦,梦魂不到关山难。
长相思,摧心肝。

子夜四时歌·冬歌 李白

明朝驿使发,一夜絮征袍。
素手抽针冷,那堪把剪刀。
裁缝寄远道,几日到临洮?

怨情 李白

美人卷珠帘,深坐颦蛾眉。
但见泪痕湿,不知心恨谁。

朱庆馀投赠七绝诗,张水部以诗慰宽心

近试上张水部
朱庆馀

洞房昨夜停红烛,
待晓堂前拜舅姑。
妆罢低声问夫婿,
画眉深浅入时无。

古人结婚时有这样一种礼俗:在新婚次日的一大清早,新媳妇要拜见公婆,给公婆敬茶。新媳妇能否博得公婆喜爱,能否在夫家站稳脚跟,都在此一举了。因此,新媳妇都要早早起来梳洗打扮,希望讨得公婆欢心。朱庆馀的这首《近试上张水部》,便是以这种古代婚俗作为创作背景。洞房里,还留有昨夜点燃的红烛。新媳妇等待着天亮,天亮后她就要到堂前拜见公婆。她仔仔细细地梳妆打扮一番,之后娇羞地低声问丈夫:我描画的眉毛,颜色深浅是否合适呢?

整首诗作没有艰深晦涩之处,明白晓畅如同白话。那么,朱庆馀的这首诗只是为了描写一位新媳妇拜见公婆前的忐忑不安吗?

当然不是。其实这首诗不仅大有深意，而且与唐代的"行卷"之风密切相关。唐代士子在参加进士考试前，往往会把自己创作的诗篇呈给一些有名望、有地位的人，以期获得对方的青睐，并帮忙牵线搭桥，将自己介绍给主持考试的礼部侍郎。这就是当时所谓的"行卷"。朱庆馀自然也不例外。他写了这首诗，投赠时任水部郎中的张籍。实际上，平时朱庆馀就多次将自己的诗作投赠张籍，希望得到这位诗坛前辈的指导。一向爱才惜才的张籍，极为赏识这位年轻诗人。只是，朱庆馀临到考试前，还是有些不放心，于是写下此诗，试探着问问自己的文章是否合主考官的心意。

《近试上张水部》作为一首"行卷"之作，吸收、传承了《楚辞》中的一些艺术表现手法——以夫妻或恋人比拟君臣、师生等社会关系。在诗中，朱庆馀将自己比作新妇，将张籍比作新郎，将主考官比作公婆。据说，张籍读过朱庆馀的这首诗后，也赋诗一首，作为回应，诗歌题目就叫《酬朱庆馀》：

> 越女新妆出镜心，自知明艳更沉吟。
> 齐纨未是人间贵，一曲菱歌敌万金。

张籍把朱庆馀比作一位采菱姑娘，不仅相貌美丽，而且歌喉动听，所以必然会得到人们的赞赏。通过这首诗，张籍暗示朱庆馀不必为科考担心。可见，朱庆馀写给张籍的诗，令张籍大为欣赏。那么，这首《近试上张水部》到底好在哪里呢？

朱庆馀的这首诗，初读的时候只觉得语句清丽，似乎并没有什么出彩之处。但我们细细品读一番，就会发现其中的诸多妙处。对于古时候的新媳妇来说，拜见公婆这是新婚后的头等大事，新妇为了不给娘家丢脸，更为了往后在夫家能安稳生活，必然要极其用心地对待。诗中的一个"待"字，便将新妇的心理状态，刻画得细致入微——此时的新妇在烛火的帮助下，仔仔细细地整理妆容。新媳妇这份谨小慎微的心情，让读者们都捏一把汗：她这样用心地整理仪容，这样谨慎地准备拜见公婆，能得到公婆的喜爱吗？

再看"妆罢"二字，暗示出新妇整理妆容的过程十分漫长，而时间上的漫长，也体现出她的用心。此外，通过本诗的一些细节描写，我们也能揣摩出新妇的心理活动。一番精心梳妆打扮后，新妇压低了声音向夫婿征求意见。"低声"二字，既展现出新妇的娇羞，也表现出她的不确定、不自信、没把握。并且，"低声"也十分符合人物的形象——一个刚刚嫁进来的新妇，怎么好意思冲着夫婿大声问话呢？压低声音向夫婿征求意见，也展现出了新妇对夫婿的敬重。

对于古代的文人来说，应试科举就像女孩子出嫁一样，是所谓的终身大事。如果科举成功，那么就会有十分广阔的前途；假如科考失败，那么未来的生活将充满更多艰辛。所以，作为一个读书人，如果想在仕途上有所进益，那么必然要征求一些位高权重者的意见，以获得其好感和举荐。这就像刚出嫁的女孩子一样，如果得到丈夫和公婆的喜爱，那么她在这个新家庭的地位就比较稳定，以后的生活也会比较顺利。为了获得公婆的喜爱，新妇忙前忙后地准备了许久；为了能高中进士，读书人也要寒窗苦读十数年。这样看来，古代的读书人和新嫁娘，确实存在许多相似之处。

朱庆馀这首诗的创作灵感，正是来源于民间最寻常不过的事情。正所谓"文学源于现实"，朱庆馀在诗中所用的这些比拟，与当时的社会现状极为贴切。生活在现代社会的读者，通过这首诗，既能想见新嫁娘所处的社会地位，也能想到读书人为了科考功名而经历的焦灼。好在后来朱庆馀的结局很不错，顺利地考中进士，获得了秘书省校书郎的官职。

作为一首行卷诗，《近试上张水部》既包括了细致传神的心理刻画，也展现出精妙独特的细节描写。中国古典诗词，体现出的是一种含蓄美。朱庆馀这首诗正是如此。或许，在后人看来，朱庆馀类似于一个仕途上的投机者。可是，这在唐代几乎是一种惯例，这样做并没什么可指摘的。况且，即便做个投机者，也总要有些才华，不然，又怎么能够得到当时诗坛前辈的器重呢？

寒闺怨　白居易

寒月沉沉洞房静,真珠帘外梧桐影。

秋霜欲下手先知,灯底裁缝剪刀冷。

宫中词　朱庆馀

寂寂花时闭院门,美人相并立琼轩。
含情欲说宫中事,鹦鹉前头不敢言。

江南曲　李益

嫁得瞿塘贾,朝朝误妾期。
早知潮有信,嫁与弄潮儿。

阴差阳错失所爱,魂牵梦绕意难平

柳枝五首

李商隐

其一

花房与蜜脾,蜂雄蛱蝶雌。
同时不同类,那复更相思。

其二

本是丁香树,春条结始生。
玉作弹棋局,中心亦不平。

其三

嘉瓜引蔓长,碧玉冰寒浆。
东陵虽五色,不忍值牙香。

其四

柳枝井上蟠,莲叶浦中干。
锦鳞与绣羽,水陆有伤残。

第五章 闻情

其五
画屏绣步障，物物自成双。
如何湖上望，只是见鸳鸯。

对"初恋"，人们不会都宣之于口。但几乎每个人都会记得自己第一次怦然心动的感觉。

在玉阳山上读书的那几年，正值李商隐情窦初开的年纪，然而那种情愫仅仅埋藏在他内心深处不敢表露。虽然写了很多和爱情有关的诗词，但他似乎从来没感受过两情相悦的滋味。

李商隐第一次邂逅爱情，是在赴京赶考的路上。那是太和九年（835），一场阴谋蛰伏在宫廷中，结果酝酿出了历史上有名的"甘露之变"。政变爆发后，唐文宗被宦官挟持，软禁于宫中。朝廷一瞬之间变了天。

然而，这一年夏天，远离长安的洛阳丝毫没有闻到一丝杀气。人们的生活安静而和谐，整个城市仿佛都为迎接牡丹的盛开做好了准备。而与它一同绽放的，还有一位刚满十七岁，名叫柳枝的女孩。

她恬静地享受着自己生命中最美好、最无忧无虑的时光。她是洛阳一位富商的女儿。父亲在她很小的时候就死于经商的途中，即便从小失去父爱，好在她还有母亲，母亲给予了她极大的关爱和极好的教育。

也正是母亲的宠溺，早已到了适婚年龄的她，还不知道男女之事。甚至对自己的妆容也丝毫不上心，每天清晨醒来后，不及梳妆完毕，就离开了梳妆台，去"吹叶嚼蕊，调丝擪管"。然而柳枝并不是用它们来吹奏女儿家的闲情小调，而是"作天海风涛之曲，幽忆怨断之音"。

她的邻居十年如一日地听着这些曲调，满心疑惑。他们很好奇为什么柳枝这个女孩，这么久还不肯出嫁。在那个时代的人们看来，适龄的女孩除了一桩体面的婚事，哪里还会有其他的事情可以追求？没有人能猜透柳枝的心思。

直到有一天，柳枝还像往常一样站在窗台边，哼着自己擅长的曲调，却被一段动人的诗句吸引：

雄龙雌凤杳何许？絮乱丝繁天亦迷。
…………

柳枝把头伸出窗外，发现原来是她的一个邻居——李让山，在家中低吟。

柳枝从来没有听过这样的诗，里面的意象光怪陆离，却又显得那么真实，仿佛三生三世的爱恨缠绵在一起，表达的爱意是那么深沉和热烈。

柳枝听得如痴如醉直到李让山吟完，才张口问道："谁人有此？谁人为是？"

让山回答说："这是我的堂弟，李商隐所作的《燕台四首·春》。"柳枝扯断自己的衣带，系在让山的手臂上，让他为自己向李商隐乞诗。

第二天，二十二岁的李商隐与让山一起，来到了柳枝家附近。一向不愿意打扮的柳枝，在那天梳着两个鬟髻，抱立扇下。风吹过巷子，填满了她的衣袖。

果然，李商隐没有辜负她精心的打扮。她鼓足了勇气，发出了大胆的邀请："后三日，邻当去溅裙水上，以博山香待，与郎俱过。"

少女的烂漫和开朗，让李商隐无法拒绝。于是即将远赴长安赶考的李商隐，便打算停留几日。

美好，却到此为止了。与李商隐一起赶考的同伴，出于嬉闹偷走了他的行李，让他无法在洛阳停留，他只能背弃了与柳枝的约定，远赴长安赶考了。

当年冬天，李让山冒着大雪带来了柳枝的消息——她已经被"东诸侯"娶去做妾了。

第二年，李让山要返回洛阳，李商隐于戏水亭给他送行。在这里，他写下了五首组诗，题目为"柳枝"。

我们有理由相信，这是李商隐有感而发的诗句。虽然是五首，但却表达了同样的一个主题：相爱、相互吸引的人，因境遇、身份的不同，无法终成眷侣。

第一首"花房与蜜脾，蜂雄蛱蝶雌。同时不同类，那复更相思"，李商隐将自己和柳枝比喻成蜜蜂和蝴蝶。在花朵盛开的时节，雄蜂和雌蝶不期而遇。虽然他们有着相同的目的，而且彼此欣赏，但是却因不是同类，而不能在一起。

惋惜之情油然而生。第二首开始，这种感情变成了一种怨叹。"本是丁香树，春条结始生。玉作弹棋局，中心亦不平。"他把柳枝比喻成丁香。唐宋以来，诗人常常以丁香花含苞不放，比喻愁思郁结，难以排解。而柳枝这株"丁香"却是族群中最馥郁的那一株，以致被达官贵人博戏赏玩，这让人心中如何能够平静下来。

李商隐丝毫没有掩盖对柳枝的赞美，在第三首"嘉瓜引蔓长，碧玉冰寒浆。东陵虽五色，不忍值牙香"中，用嘉瓜、碧玉来比喻她。

所谓的东陵五色，指的是东陵瓜，是极品瓜果的代表，被无数文人大加赞美。晋陆机《瓜赋》赞扬它："气洪细而俱芬，体修短而必圆，芳郁烈其充堂，味穷理而不娟。"虽然如此，李商隐却"不忍值牙香"，发乎情而止乎礼，不忍心去品尝她。

到了第四首，他的赞美变成了惋惜。"柳枝井上蟠，莲叶浦中干。锦鳞与绣羽，水陆有伤残。"井口上的柳枝枯萎，池塘中的莲叶也干枯了。

世间美丽的事物仿佛都是如此，无论是亮丽的鱼鳞还是漂亮的羽毛也会被岁月损伤。或许此刻早已嫁给别人的那个女孩也失去了她明媚的心和光彩了吧。

第五首"画屏绣步障,物物自成双。如何湖上望,只是见鸳鸯",李商隐开始感叹自己的境遇。如今再回到此地,等待自己的佳人早已不见,只能看见成双的鸳鸯。

碧城三首·其一 李商隐

碧城十二曲阑干,犀辟尘埃玉辟寒。
阆苑有书多附鹤,女床无树不栖鸾。
星沉海底当窗见,雨过河源隔座看。
若是晓珠明又定,一生长对水晶盘。

碧城三首·其二　　李商隐

对影闻声已可怜,玉池荷叶正田田。
不逢萧史休回首,莫见洪崖又拍肩。
紫凤放娇衔楚佩,赤鳞狂舞拨湘弦。
鄂君怅望舟中夜,绣被焚香独自眠。

碧城三首·其三　　李商隐

七夕来时先有期,洞房帘箔至今垂。
玉轮顾兔初生魄,铁网珊瑚未有枝。
检与神方教驻景,收将凤纸写相思。
武皇内传分明在,莫道人间总不知。

君问归期未有期,巴山夜雨涨秋池

夜雨寄北
李商隐
君问归期未有期,巴山夜雨涨秋池。
何当共剪西窗烛,却话巴山夜雨时。

如果我们回顾李商隐的一生,会发现"不幸"这个词仿佛为他量身定制——幼年丧父,好不容易踏入官场,老师、母亲、岳父相继去世,刚刚明亮的前途或因丁忧守孝,或因失去靠山而瞬间暗淡。以致他的一生都在颠沛流离中度过。

或许对于他来说,人生中最幸运的事情,就是遇到了他的妻子。然而也正是因为他的妻子,让他陷入了拖累一生的党争旋涡。

故事还得从开成二年(837)说起。当年,李商隐在经历了四次落榜之后,终于金榜题名、高中进士,正是意气风发、踌躇满志的好时候。

但此刻的李商隐并不知道,所有命运馈赠的礼物,早已在暗中标好了价格。

俗话说,有人的地方,就有江湖。历代朝堂上,都难免会出现朋党之争。李商隐虽无意参与党争，但人在江湖，身不由己，命运对他开了一个残酷的玩笑，让这个不谙世事的青年，一头扎到牛李党争的旋涡中。

所谓牛李党争，是指晚唐持续四十年之久的一场派系斗争。

唐宪宗元和四年（809），平民出身的举人牛僧孺、李宗闵在科举试卷中，极力抨击当时的宰相李吉甫，结果被李吉甫贬黜，导致双方结怨。

过了一些年，牛僧孺和李宗闵进入朝堂，此时李吉甫已经去世，他的儿子李德裕官拜翰林学士，成为士族官员的首领。

由于李德裕与牛僧孺之间势同水火、政见大相径庭，因此，朝堂上便形成了以李德裕为首的"李党"，以及以牛僧孺为首的"牛党"，史称"牛李党争"。

李商隐早年曾受"牛党"的重要人物河东节度使令狐楚的赏识，被令狐楚聘为幕僚。

令狐楚非常欣赏李商隐，不仅亲自指点他为人处世之道，还处处提携这个才华横溢的年轻人。李商隐考中进士，离不开令狐楚的助力，因此令狐楚被李商隐视为恩师。

令狐楚死后不久，李商隐接到了属于"李党"的泾原节度使王茂元的邀请，失去了靠山的李商隐也没有多想就告别长安，来到了千里之外的甘肃泾州。

此时的李商隐还不知道，泾州这个地方，将是自己的官场失意之地；不过幸运的是，他也将在这里赢来真正属于自己的爱情。

在王茂元家，李商隐偶然看见了王茂元的女儿王晏媄，那天王晏媄毫无征兆地出现在屏风之后。她偶尔探出头来，与李商隐的目光不期而遇。

王晏媄很是淡然，举手投足间皆是世家风范，却又不像其他小姐一样显得做作。倒是李商隐先乱了方寸紧张起来，连忙低头饮茶。

儒家传统告诉他，非礼勿视。可是他却忍不住朝王晏媄多看几眼。这是几年以来李商隐再一次为爱情动心。

碰巧调皮可爱的王晏媄正涉水而过，不小心把衣裙给打湿了，这一幕深深印在李商隐的脑海中，回家后，他便挥笔写下一首动人的诗，其中有一句记录了当时的情景："回衾灯照绮，渡袜水沾罗。"李商隐对王晏媄可谓是一见钟情，从此茶饭不思。王晏媄也被这位青年才俊的诗文折服，芳心暗许。

王茂元虽然身居高位，但并没有什么门户之见。他很欣赏李商隐的才华，见此情景，干脆就成人之美，把女儿嫁给了李商隐。

而身为大家闺秀的王晏媄，也甘愿舍弃锦衣玉食，与李商隐举案齐眉、相敬如宾。婚后的日子虽然清苦，但因为有了爱情，就如同清风伴着明月，每一天都充满了惬意。

然而，李商隐娶了王晏媄这件事，让牛党的人非常气愤，认为李商隐忘恩负义、欺师灭祖。而李党的人也瞧不起李商隐，认为他是个左右摇摆、首鼠两端的小人。

所谓"虚负凌云万丈才，一生襟抱未曾开"，可怜的李商隐被夹在牛、李两党中间，成了无辜的政治炮灰，一生沉沦下僚，无法一展抱负。对于心高气傲的李商隐来说，这无疑是一个沉重的打击。

在此后的岁月里，为了生存与名利，李商隐总是奔波在外，但不论他去往何方，王晏媄始终为他守着一个小家。此时，王晏媄就成了李商隐在尘世中唯一的心灵港湾。在李商隐心中，妻子在哪里，哪里便是故乡。

唐宣宗大中元年（847），桂州刺史郑亚向李商隐抛来橄榄枝，邀请他到桂林，担任自己的幕僚。这时的李商隐正处于人生的低谷，终日穷困潦倒，为了赚取稳定的俸禄，让妻子过上更好的生活，李商隐欣然接受邀请，离开京城长安来到桂林，开始了他的桂州幕僚生涯。

不料在桂林才待了一年，郑亚就被贬了官，李商隐也随即失业了。就在此时，他又接到武宁军节度使卢弘正的邀请，到徐州担任判官。

李商隐再次远走他乡，和心爱的妻子分开，二人只能靠鸿雁传书来寄托自己的别愁与相思。

李商隐本以为自己能在徐州判官任上大显身手，但没想到，才干了一年多，卢弘正就病故了。新任节度使并不喜欢李商隐，因此他只得打道回府，另谋生计。后来西川节度使柳仲郢向他发出邀请。

在蜀地期间，他收到妻子的信件。信中，王晏媄深情款款地向丈夫诉说着自己的思念之情，临了，又问丈夫何时才能归来。

面对妻子的来信，李商隐既觉无奈，也觉惭愧，人生在世，实在是身不由己啊。他只能提笔写下一首极温柔的诗——《夜雨寄北》，向妻子表达自己复杂的心绪。

"君问归期未有期"，一个"问"字，既是询问，更是期待。李商隐当然也希望早日归去，回到妻子身边，与她相依相偎，把酒东篱，围炉夜话。

但路途遥遥，秋雨绵绵，就连他自己也说不准，何时才能归去，李商隐只能无奈地回答"未有期"。

妻子的来信既带给李商隐最温馨的安慰，又引发了他更强烈的思念。面对妻子的询问，他有一点难过，又有一点感伤，只好把话题岔开，对妻子说，你看，现在巴山在下雨，池塘里的水也越涨越高了。

是啊，深秋时节的蜀地，秋雨绵绵，秋灯耿耿，李商隐听着窗外连绵不绝的风雨声，仿佛看到不远处的秋池被雨水涨满，就如同他心中的思念一样，弥漫于天地之间。

秋夜、秋山、秋雨、秋池、秋窗，李商隐把自己的所见所感凝结成七个字"巴山夜雨涨秋池"，他想告诉远方的妻子，眼前这满满的一池秋水，就是我心中对你的全部思念啊！

说完眼前的实景，李商隐又开始畅想未来。"何当共剪西窗烛"，我们什么时候才可以坐在一起剪蜡烛芯呢？

第五章 闺情

在中国传统文化中,"剪烛"是一个特别美好、特别温暖的场景。古时没有电灯,人们用蜡烛作为照明工具。蜡烛燃烧久了,就要把烛芯剪一下,它才会更亮。因此,"共剪烛"就意味着两个人坐在窗前促膝低语。

正所谓"久别胜新婚",小两口久别重逢,肯定会有说不完的情话,诉不尽的相思。

说些什么呢?"却道巴山夜雨时"。等我回到家的时候,要和你坐在一起,回顾这个秋雨连绵的夜晚,到那时,更能体会到重逢的甜蜜和珍贵。

在这首诗里,"西窗剪烛"与"巴山夜雨"这两个场景,形成了鲜明的对照:"巴山夜雨"是现实的孤独,是绵绵的相思;而"西窗剪烛"则是想象的相聚,是重逢的幸福。读这首诗的时候,一幕虽然寻常但却温暖的画面就会浮现在我们眼前:

一对经历了漫长离别的小夫妻,终于久别重逢,妻子有说不完的情话,丈夫有道不尽的思念,两个人肩并着肩,腿挨着腿,坐在摇曳的烛光下絮絮低语,讲述着离别期间发生的家长里短,呼吸着彼此身上熟悉的味道。

然而,这次久别,注定再也无法重逢了。因为早在夏秋之际,王晏媄就因病离世了,而那封家书,就相当于她写给李商隐的绝笔信。

她在临终前,是否还在等待着夫君的回信?是否还在期盼着和夫君共剪西窗烛、共话夜雨时?

答案是肯定的。李商隐好不容易回到家,等待着他的,不是妻子的笑颜,而是冰冷的死讯!看着屋里妻子的遗物,和窗边落灰的锦瑟,李商隐的泪水滑过面颊:从此以后,这世间再也没有那个"回衾灯照绮,渡袜水沾罗"的女孩了!

满怀悲痛的李商隐拿起桌上的笔,强抑心中的酸楚,写下一首情真意切的悼亡诗:

房中曲

蔷薇泣幽素,翠带花钱小。
娇郎痴若云,抱日西帘晓。
枕是龙宫石,割得秋波色。
玉簟失柔肤,但见蒙罗碧。
忆得前年春,未语含悲辛。
归来已不见,锦瑟长于人。
今日涧底松,明日山头檗。
愁到天池翻,相看不相识。

是啊,世间好物不坚牢,彩云易散琉璃脆。秋风为何要吹散池塘的残荷呢?锦瑟又为何要有五十根琴弦,让人追忆那似水的流年呢?

第五章 闻情

王晏媄死后,李商隐从此心如槁木,终身没有再娶。每当思念亡妻时,他就写诗述说自己的思念,但巴山夜雨的往事,再也没人听他讲过了……

锦瑟 　李商隐

锦瑟无端五十弦,一弦一柱思华年。
庄生晓梦迷蝴蝶,望帝春心托杜鹃。
沧海月明珠有泪,蓝田日暖玉生烟。
此情可待成追忆?只是当时已惘然。

无题　李商隐

相见时难别亦难，东风无力百花残。
春蚕到死丝方尽，蜡炬成灰泪始干。
晓镜但愁云鬓改，夜吟应觉月光寒。
蓬山此去无多路，青鸟殷勤为探看。